DAS NETZ
Engadiner Kriminalroman

Andreas Beriger

Das Netz

Engadiner Kriminalroman

Montabella Verlag St. Moritz

IMPRESSUM
Autor: Andreas Beriger
Herausgeber: © Montabella Verlag AG, St.Moritz, www.montabella.ch
Gestaltung: Max Weiss
Umschlagfoto: Max Weiss
Satz und Druck: Walter Gammeter, Grafische Unternehmung St. Moritz AG
Einband: Buchbinderei Eibert AG, Eschenbach
1. Auflage, 2006, 3000 Exemplare
ISBN 10: 3-907067-30-4
ISBN 13: 978-3-907067-30-7

1.

Angefangen hat alles mit dem Whisky, wenn man bei einer Geschichte wie dieser überhaupt von einem Anfang sprechen kann, denn jeder Anfang geht wiederum auf andere Bedingungen und Ursachen zurück, bis zum Ei – aber so weit muss ich hier nicht zurückgehen. Die Sache mit dem Whisky war ganz sicher der Anfang von dem, was ich hier zu erzählen habe, und darum will ich auch mit dieser Geschichte beginnen.

Wir hatten unsere Hochzeitsreise in Schottland auf einer Yacht verbracht. Natürlich besuchten wir dabei die verschiedensten Destillerien für den allerorts hergestellten Whisky, vor allem, weil unser Skipper, ein einheimisches Rauhbein, dies als Schlechtwetterprogramm empfahl – so brachte er uns beim Eintreffen der verschiedenen Tiefs, die vom Atlantik her an die Westküste trieben, in zahlreiche Whiskyfabriken. Unsere Yacht lag dann jeweils gut vertäut an einer Boje, so dass wir uns Zeit lassen konnten. Nach ein paar Rundgängen in verschiedenen Firmen, wo uns die Herstellung des Whiskys erklärt wurde, gingen wir dann in der Folge nur noch in die der Herstellung angegliederten Degustationsräumlichkeiten, die mit einer angenehmen Wärme aufwarteten, während draussen der schottische Nieselregen (von den Meteostationen als Drizzle bezeichnet) die Landschaft in Feuchtigkeit und Nebel hüllte. Anfänglich hatte Antonella immer mitgemacht und sich die diversen Duftnoten der verschiedenen Whisky-Sorten erst erklären lassen und sich diese dann auch einverleibt. Doch bei der Lagavulin-Destillerie in Port Ellen auf der Insel Islay änderte sich das alles schlagartig.

Wir hatten während den letzten Tagen unseres Törns auf der Rückreise von den äusseren Hebriden zurück zur Mündung des Clyde in einer Bucht der Insel Tyree eine Nacht verbracht und waren dann vor einer eintreffenden atlantischen Front weiter gesegelt. Regen, Dünung und immer stärker werdender Wind hatten die Fahrt anspruchsvoll und schnell, aber auch nass, kalt und unangenehm gemacht. Da die Fahrt durch den raumen Kurs von starkem Schaukeln geprägt wurde, waren bald einmal verschiedene Mitglieder der Crew seekrank geworden; ich hatte mich von Anfang an tapfer am Ruder festgehalten, und durch das Steuern war mir Antonellas Schicksal erspart geblieben. Sie hatte sich wenige Minuten nach unserer Abfahrt bereits übergeben und lag dann stundenlang im Cockpit, wo sie vom Regen und der Gischt allmählich vollkommen durchnässt und aufgeweicht wurde. Sie reagierte kaum noch auf meine Zurufe; ich konnte ihr ohnehin nicht viel abnehmen, da ich am Ruder stand und das Schiff auf Kurs hielt; mir war auch klar, dass ich ebenfalls sofort seekrank werden würde, wenn ich meine Position als Steuermann abgeben würde. Der Skipper liess sich – abgesehen von ein paar Kontrollgängen ins Cockpit – erst kurz vor dem Umrunden des südlichen Kaps der Insel Islay und dann beim Erreichen der Bucht von Port Ellen wieder blicken, nachdem er, dankbar, dass er jemanden gefunden hatte, der das Schiff korrekt durch den Regen steuerte, die ganze Überfahrt vom Navigationstisch aus dirigiert hatte, von wo man ihn ab und zu im Funkverkehr mit verschiedenen Stationen vernehmen konnte. Die übrigen Mitglieder der Crew – zwei weitere Ehepaare – sassen oder lagen eher teilnahmslos unter dem Verdeck und warteten nur noch darauf, dass die Überfahrt zu Ende ging.

Antonella hatte es am schlimmsten erwischt. Ihr wurde mehrmals schlecht, sie war vollkommen apathisch und kaum noch ansprechbar. Der Skipper machte sich jedoch ihretwegen keine Sorgen und berichtete während einem seiner Kontrollgänge, das komme immer wieder vor, sie erhole sich dann schnell wieder, wenn wir ins Lee der Insel Islay steuerten. Und er hatte Recht: Sie kam innert Minuten zu sich, nachdem die atlantische Dünung aufgehört hatte, als wir das Kap umrundet hatten, raffte sich auf und trocknete sich Gesicht und Hände mit einem Frotteetuch, das der Skipper ihr gebracht hatte – sogar ein müdes Lächeln zu mir hinauf brachte sie zustande, und schliesslich hauchte sie mir zu:
«Danke für die sichere Überfahrt, Schatz!»

In der Bucht von Port Ellen wurden die nassen Segel von der vereinten Mannschaft geborgen, das Schiff aufgeklart und an einer blauen Boje fest vertäut. Unterdessen hatten in der Kajüte bereits hektische Vorbereitungen für ein feines Essen begonnen, dem wir nach einer langen Überfahrt, bei der alle freiwillig auf das Mittagessen verzichtet hatten, mit Freude entgegenblickten. Die Heizung wurde eingeschaltet und verbreitete eine wohlige Wärme, die durchnässte und aufgeweichte Wetterschutzkleidung wurde unter dem Verdeck aufgehängt, die ganze Crew fühlte sich in trockenen und angenehmen Kleidern wieder wie neu geboren. Wir setzten uns guter Dinge um den dunklen Tisch im Salon und genossen das Essen, die Wärme, die bequemen Kissen, und hörten während der Mahlzeit den Ausführungen unseres Skippers zu, der uns nebst abenteuerlichen Episoden von verschiedenen Überfahrten den bevorstehenden Ausflug zur Whiskyfabrik in Port Ellen in den wärmsten Farben schilderte.

Natürlich waren wir alle gespannt auf den Whisky. Lagavulin ist nicht gerade ein Alltagswhisky, sondern schon eher eine Legende und eine unter Kennern geachtete Sorte. So machten wir uns also kurz nach dem Essen – das dürfte gegen halb fünf gewesen sein – mit dem Beiboot auf, dann nahmen wir den kurzen Spaziergang vom Hafen zur Destillerie unter die Füsse. Eine Führung kam um die Zeit ohnehin nicht mehr in Frage; so machten wir es uns in dem behaglichen Degustationsraum des altehrwürdigen Gebäudes bequem und liessen alle die neuen Eindrücke auf uns wirken. Das Dekor des Raumes, der erdige, torfige, aber auch rauchige Geruch, der überall zu spüren war und die ganze Fabrik prägte, brachten uns den Whisky bereits näher, bevor wir ihn in den Gläsern vor uns hatten.

Plötzlich nahm mich Antonella am Arm und sagte mir:
«Ich mag diesen Whisky nicht!»
Ich war erst ein wenig verunsichert, dann eher amüsiert und wollte wissen, wo das Problem lag.
«Ich weiss nicht – irgend ein Geruch sticht mir in die Nase; ich glaube, ich muss raus!»
Völlig überrascht folgte ich ihr hinaus und holte sie einige Schritte weiter vor der Türe ein.
«Was hast du denn, Schatz?» fragte ich sie.
«Der Whisky – es tut mir leid, Schatz, aber ich ertrage diesen Whisky nicht! Mir wird richtig schlecht!»

Ich war bestürzt und wusste nicht, was ich tun sollte, doch dann kam mir Antonella zuvor und bat mich, sie auf das Boot zurückzubringen. Sie wollte früh zu Bett gehen und von dem ruhigen Ankerplatz profitieren, sich einfach einen gemütlichen

Abend auf dem Schiff machen. Ich ging kurz zurück zu der Gesellschaft, um Antonellas Wunsch dem Skipper zu melden. «Aha – ist sie erschöpft?» fragte dieser nur; dann gab er mir, erleichtert, dass er nicht selbst den Taxidienst übernehmen musste, die Erlaubnis, Antonella mit dem Beiboot zurück zur Yacht zu bringen.

Ich begleitete Antonella zum Schiff und liess sie dort unter ihren Beteuerungen zurück, alles sei für sie so in Ordnung, und ich solle mich ruhig der Gesellschaft der Whiskytrinker wieder anschliessen. Sie wusste, dass ich mich auf den Lagavulin ganz besonders gefreut hatte, und wollte mir nicht im Weg stehen. Doch auf der einsamen und vom Drizzle angefeuchteten, etwas unheimlichen Fahrt durch die finstere Bucht beschlich mich ein eher dumpfes Gefühl – hätte ich nicht doch den Abend mit ihr auf der Yacht verbringen sollen? War es richtig, sie während unserer Hochzeitsreise einen ganzen Abend lang alleine an Bord zu lassen?

Als wir schliesslich alle zusammen und reichlich spät nach einem sehr heiteren Landgang wieder auf dem Boot eintrafen, schlief Antonella glücklich und ruhig in ihrer Koje. Sollte ich sie schlafen lassen, oder wünschte sie, von mir geweckt zu werden? Wie verhält man sich in einer solchen Lage, wenn man auf der Hochzeitsreise ist? Ich überlegte lange, indem ich sie betrachtete, und versuchte schliesslich, sie nicht zu wecken, doch waren meine Bewegungen in der engen Kabine auf dem leise schaukelnden Schiff, da ich mit ein paar Gläsern Whisky angereichert war, nicht gerade die geschicktesten. Sie erwachte kurz und fragte bloss:

«Bist du wieder da, Schatz?»
«Ja – gute Nacht, Schatz!»
Antonella drehte sich weg von mir und schlief wieder ein.

Die folgenden Ereignisse unserer Hochzeitsreise waren für den weiteren Verlauf dieser Geschichte unerheblich; wir gingen nach zwei weiteren Tagen auf dem Boot in einem grossen Yachthafen in der Mündung des Clyde an Land und verbrachten noch ein paar Tage in Edinburgh, bevor wir wieder zurück in die Schweiz und damit zur Arbeit reisten. Antonellas Verhalten gab mir damals zu keinerlei finsteren Gedanken Anlass. Mit der Ausnahme davon, dass sie es ablehnte, Whisky zu trinken, und ausserdem jedes Mal mit Ekel und Abscheu reagierte, wenn ich mir einen bestellte – «Puh! Ich halte das nicht aus!» –, verliefen die letzten Tage unserer Hochzeitsreise etwa so, wie wir es uns gewünscht hatten. Etwas ungut fühlte ich mich wegen dieser Nacht in der Bucht von Port Ellen schon; aber ich hatte nicht den Eindruck, dass Antonella nicht mehr mich riechen konnte, sondern nur den Whisky.

Die ersten Verdachtsmomente verdichteten sich jedoch im Verlauf der nächsten Monate immer mehr. Oberflächlich betrachtet war unsere noch junge Ehe ein voller Erfolg: Wir gingen zusammen aus, ich ging meiner Arbeit als Anwalt nach, Antonella verbrachte ihr Leben neben ihrer Teilzeitstelle damit, unsere Wohnung am Zürichberg immer schöner und besser (und teurer) einzurichten, wodurch sie freilich – aber das war mir damals noch nicht in dem Masse bewusst – allmählich von meiner perfekten Singlewohnung zu einer Ansammlung von dekorativem, aber unpraktischem und oft ganz einfach störendem

Hausrat wurde, vom dem ich oft weder wusste, wozu er diente, noch wie man ihn überhaupt als etwas Begehrenswertes ansehen konnte. Aber der erste Eindruck, den ich von dieser Metamorphose meiner Wohnung hatte, war ein positiver: Was mir früher um des Aussehens und des Zusammenpassens willen wichtig gewesen war und bei dem ich mir von niemandem hatte dreinreden lassen, stand nun auf einmal unter einem südländischen Einfluss, der die Kälte und das Unpersönliche meines Stils immer mehr verdrängte und statt dessen das Heimelige und Vertraute in den Vordergrund zu stellen begann. Das alles schmeichelte mir in der ersten Zeit ganz besonders; doch unter dieser Oberfläche begann es zu gären.

Meine Arbeit als Scheidungsanwalt hat mich immer wieder mit den groteskesten Formen menschlichen Zusammenlebens konfrontiert. Dass heute Scheidungen schon längst zu einer Routinesache geworden sind, wo auch langjährige Ehen mit Kindern und ausserordentlich komplexen Familienverhältnissen einer Laune zu Liebe aufgelöst werden, verrät viel über den Zeitgeist, der es offensichtlich jedem nahe legt, sich so zu amüsieren, dass er ein Maximum an persönlichem Lustgewinn realisieren kann. Die *comédie humaine* offenbart sich dem Anwalt der Trennungen als Tragödie, und seine Aufgabe besteht nun darin, die Knäuel, die aus so futilen Launen entstanden sind, wieder zu entwirren und in Stücke zu zerteilen, die nach gesetzlichen Vorgaben fassbar sind.

Ich darf mich bei dieser Diagnose nicht als Ausnahme darstellen. Denn auch unser Eheglück war schon von der ersten Stunde an getrübt, bröckelte stetig und zerfiel dann unter dem Firnis einer scheinbar intakten Verbindung. Auch unsere Ehe war aus einer Laune heraus entstanden; was allenfalls für ein Abenteuer oder eine Liebesgeschichte gereicht hätte, wurde, obwohl ich im Vollbesitz meiner geistigen Kräfte war, gegen alle Vernunft zu einer Ehe und in der Folge zu der Kriminalgeschichte, die ich hier aufzeichne.

Heute sehe ich den Tag unserer Hochzeit als den Tag, der mir meine Augen öffnete und mir ganz klar zeigte, dass ich einen Fehler gemacht hatte. Es war wie verhext: Von dem Moment an, als wir unsere Eheringe trugen, ging die Harmonie verloren, und die Lust aufeinander verringerte sich nach und nach. Statt der permanenten Euphorie, wie wir sie vorher erlebt hatten, erfasste uns eine kühle Ernüchterung. Die Wolke der Verliebtheit, in der wir anfänglich geschwebt waren, löste sich allmählich auf und gab die Sicht frei auf eine andere Welt und eine andere Antonella. Anderseits kam es nicht zu einem *communication breakdown* zwischen uns. Wir lebten weiter Seite an Seite, als ob alles in bester Ordnung wäre; wir sprachen uns weiterhin mit «Schatz» an, und niemand aus unserem Bekanntenkreis dürfte den leisesten Verdacht geschöpft haben, dass sich etwas in unserer Ehe unglücklich entwickelte.

Ich glaube, die ersten Symptome des Zerfalls sind etwa überall die gleichen – es beginnt mit ein paar seltsamen Szenen und Konfrontationen, über deren Sinn man sich nicht einig wird, und die man auch bald wieder vergessen würde, wenn sie sich nicht teilweise wiederholen, später sogar häufen würden. Und es gibt ja auch immer einen Punkt, an dem man auf seinen Argumenten nicht weiter insistieren will, um nicht in den berechtigten Verdacht zu geraten, man sei verbohrt. Umgekehrt gelang es mir in meinem Innersten jedoch nicht, Antonellas Standpunkt in solchen Augenblicken zu akzeptieren, ihre Ansichten schienen mir ganz einfach bizarr. Hätte ich auf einer Klärung der Lage beharrt, so wäre ich mir unvernünftig vorgekommen – so steckte ich solche Konfrontationen mit einem Achselzucken weg. Aber das schulterzuckende Wegstecken einer solchen Konfrontation erschien mir nicht als dasjenige, was eine Liebesbeziehung zusammenzuhalten vermag.

Irgendwann jedoch wurde mir bewusst, dass diese Häufung von Szenen kein Zufall war, und dass die Harmonie, die wir uns vorspielten, eine Komödie war. Irgend etwas lief in die falsche Richtung, und auch wenn ich mich noch so sehr um Antonellas Wohlergehen und um ihr Leben an meiner Seite kümmerte, so konnte ich mich doch nicht darüber hinwegtäuschen, dass unsere Ehe drauf und dran war, zu einer jener inhaltslosen Formalitäten zu werden, mit denen mich mein Berufsleben fast täglich konfrontiert.

Natürlich versuchte ich, solchen Tendenzen im Gespräch mit Antonella oder durch neue Herausforderungen entgegenzuwirken; aber sie reagierte darauf ausweichend («Es ist doch alles in Ordnung, Schatz! Mach dir doch keine Sorgen!») oder mit Unverständnis («Ich sehe nicht, worauf du hinaus willst!»). Manchmal ging das so weit, dass sie ärgerlich wurde: «Willst du mich mit deiner Fragerei denn zornig machen?»

Ich begann mich in unserer Beziehung einsam zu fühlen, und fing an mich zu fragen, ob das nicht auch an mir liegen könnte, nach dem juristischen Prinzip *audiatur et altera pars.* So kaufte ich – das war etwa zwei Monate nach unserer Hochzeitsreise –, aus einer Laune heraus ein Kanu, ein schönes zweiplätziges, gelbes Boot, nicht gerade schnittig und leicht, aber dafür bequem und kenterfest. In der Meinung, ihr damit eine Freude zu machen und die Erinnerungen an unsere Hochzeitsreise etwas auffrischen zu können, holte ich Antonella eines Nachmittags unerwartet zu Hause ab, doch die Sache wurde zu einem weiteren Dämpfer für meinen Enthusiasmus.

Erstens war Antonella völlig perplex, dass ich mitten am Nachmittag aus der Kanzlei nach Hause kam: «Bist du krank?», war das einzige, was sie mir zurief, indem sie den Telefonhörer kurz weglegte – «Einen Augenblick, Mamma!» –, um dann auf meine Antwort hin – «Nein, ich habe eine schöne Überraschung für dich!» – ihr Gespräch mit ihrer Mutter sofort wieder aufzunehmen. Statt einfach ungeduldig zu warten, bis sie ihre Unterredung mit ihrer Mamma beendet haben würde, eilte ich in unser Zimmer hoch und zog mich um; dabei liess ich mir Zeit, denn ich wusste, dass solcherlei Gespräche mit ihrer Mamma dauern konnten.

Als ich dann jedoch nach mehr als einer halben Stunde herunterkam, plätscherte ihr Gespräch mit der Mamma immer noch vor sich hin, als ob ich gar nicht nach Hause gekommen wäre; ich ging in die Küche und bereitete mir einen Kaffee zu, wobei ich auch für sie eine Tasse machte, die ich ihr wortlos hinstellte – sie drehte sich weg von mir und beachtete weder den Kaffee noch mich, sprach weiter mit ihrer Mamma am Telefon und liess die ganze Zeit, die ich mir für sie genommen hatte, verstreichen.

Als ich nach weiteren dreissig Minuten auf die Uhr tippte und ihr sagte: «Kommst du?», gab sie mir mit einer saloppen Handbewegung zu verstehen, dass ihre Prioritäten noch für weitere dreissig Minuten beim Telefon liegen würden.
Als das wichtige Gespräch dann endlich zu Ende ging, wurden endlose Grussformeln in einem ewig wiederkehrenden Reigen wiederholt – «Si, si, mamma, si, si» –, bis es endlich zu dem erlösenden Klicken kam, das mir zeigte, dass die Linie unterbrochen war. Antonella kam auf mich zu und fragte mich, als ob in den letzten neunzig Minuten nichts geschehen wäre, weshalb ich denn mitten am Nachmittag nach Hause gekommen sei. Als ich ihr sagte, ich hätte eine schöne Überraschung für uns vorbereitet, reagierte sie so, dass es mir schwer fiel zu glauben, dass sie das alles nicht absichtlich getan hatte:
«Aber Schatz! Warum hast du mir das nicht gleich gesagt!»
Ich bat sie, sich schnell umzuziehen und mit mir zu kommen – wieder war alles in bester Ordnung, Antonella umarmte und küsste mich mit geschlossenen Augen und dankte mir für den schönen Einfall. Wir setzten uns in meinen Wagen und fuhren zum See hinunter, wo ich ihr das kleine Kanu voller Stolz vorführte. Ich gab ihr ein Paddel in die Hand und half ihr in das kleine Boot, während ich mich in den Sitz hinter sie setzte.
«Na dann, los!», rief ich ihr zu und begann zu paddeln, indem ich ihr immer wieder zurief, dass sie im gleichen Rhythmus wie ich paddeln musste.

Antonellas Reaktionen waren von meiner Perspektive aus nicht zu entschlüsseln. Ich hätte viel um einen Spiegel gegeben, der es mir gestattet hätte, heimlich ihr Gesicht zu beobachten. Zwar liess sie das Paddel nicht offensichtlich missmutig und lahm mit dem an unserem Kanu vorübergleitenden Wasser vorbeiziehen, sondern sie machte mit und zog mit ihren Armen ihren Fähigkeiten entsprechend mit. Aber welche Miene machte sie dazu?

Nach einer guten halben Stunde, die wir dem Ufer entlang gepaddelt waren, gingen wir an einem kleinen Strand an Land und setzten uns einen Augenblick lang in den Schatten einer Weide.

«Gefällt es dir?», fragte ich Antonella.

«Aber sicher!», antwortete sie, indem sie das Gespräch unmittelbar auf ein Inserat in der Zeitung brachte, das sie gelesen hatte:

«Stell dir vor, ich habe eine Ferienwohnung im Engadin gefunden!»

«Wirklich! Erzähl mal!»

«Nun, in der Zeitung habe ich eine Annonce gesehen, da sind in einem Haus im Engadin verschiedene Wohnungen zu verkaufen. Ich habe dann gleich mit Mamma gesprochen, und sie war von dem Gedanken begeistert. Weisst du, das Engadin ist in Italien eine Top-Destination und von Milano aus gut zugänglich. Sie hat jedenfalls gesagt, sie wolle unbedingt mitkommen, wenn wir die Wohnung mal ansehen.»

«Tatsächlich?»

«Ja – was hältst du denn davon?»

«Nun, das ist natürlich eine Überraschung, aber schön wäre es auf alle Fälle, wenn wir unsere Ferien jeweils im Engadin verbringen könnten. Wir können auch für die Wochenenden hinfahren zum Skifahren...»

«Genau! Und wenn wir eine Wohnung haben, die gross genug ist, kann Mamma jeweils für das Wochenende auch kommen, so sehen wir sie regelmässig!»

«Tatsächlich...»
Für die Rückfahrt mit dem Kanu schlug ich ihr vor, den hinteren Sitz einzunehmen. Ich selbst setzte mich vorne ins Kanu. Mit voller Kraft begann ich zu paddeln; es tat mir gut, meine Energie loszuwerden, doch Antonella unterbrach meinen Eifer sogleich:
«Schatz! Du spritzt mich total nass!»
So musste ich meine Kräfte zügeln und sanfter in die Wellen greifen, und wiederum hätte ich viel um einen Spiegel gegeben, um Antonellas Gesicht und ihre Beteiligung an unserer Kanufahrt zu beurteilen. Aber was wollte ich? Wenn ich mich kurz umdrehte, lächelte sie mich liebevoll an, streichelte mir mit der Hand über die Schulter und hauchte mir ein «Ich liebe dich!» zu; wenn ich dann wieder nach vorne schaute und weiter paddelte, spürte ich keinerlei Beteiligung von ihrer Seite.

Die kleine Runde mit dem Kanu war bald zu Ende, und Antonellas einzige Reaktion darauf war der Satz:
«Aber jetzt bin ich vollkommen müde und durchnässt – lass uns nach Hause gehen, Schatz!»

Dies ist nur ein Beispiel für die Art, die Antonella mir gegenüber entwickelt hatte. Auf den ersten Blick gesehen stimmte alles, und ich hatte keinen Grund, an ihrer Liebe zu mir und an der Festigkeit unserer Ehe zu zweifeln; wenn ich aber etwas tiefer ging und über die gesellschaftlichen Konventionen hinaus den Kontakt zwischen uns etwas kritisch betrachtete, begann ich mich zu wundern, weshalb ich Antonella überhaupt geheiratet hatte. Dabei hatte alles so gut angefangen.

2.

Ich hatte Antonella bei einem befreundeten Anwalt kennen gelernt, wo sie mir als Tochter aus gutem Hause – ihre Familie war in Italien im Transportgewerbe eine grosse Nummer, und auch in der Schweiz waren mir deren Holztransporter mit der Aufschrift «Filzi», die immer paarweise unterwegs sind und über Funk in gegenseitigem Kontakt stehen, schon oft auf den Strassen aufgefallen – und als eine gute Partie vorgestellt worden war. Als ich meinerseits mit Antonella bekannt gemacht worden war, machte sie aus ihren spontanen Gefühlen für mich kein Geheimnis und kam sehr schnell zur Sache, in einer direkten und für mich völlig ungewohnten, überraschenden, gewinnenden Art, der ich mich nicht entziehen konnte – und natürlich auch nicht wollte; denn mit mehr als dreissig Jahren war ich wohl schon ein wenig von dem Phänomen betroffen, das man gemeinhin Torschlusspanik nennt, und ihre Verführungskünste stiessen daher bei mir offene Türen ein. Sie gefiel mir ausserordentlich gut; sie war eine Schönheit, jung, mit langem, dunkelbraunem Haar, feinen Gesichtszügen, dunklen, grossen Augen; sie sprach ein sehr gutes Deutsch, und wir hatten uns schon bald in ein erheiterndes, spannendes Gespräch vertieft, das uns von den übrigen Teilnehmern der Gesellschaft fernhielt. Ich konnte mein Glück kaum fassen, dass sich diese Frau für mich interessierte und dass sie dieses Interesse so offen bekundete.

In der ersten Zeit ging alles drunter und drüber, wie das wohl nicht zu vermeiden ist, wenn zwei Menschen aus so unterschiedlichem Milieu (Zürcher Anwalt trifft Tochter aus italienischer

Industriellenfamilie) aufeinander treffen. Ich war verliebt und erlebte eine Tiefe und eine Intensität in der Liebe, wie ich sie nie vorher gekannt hatte. Ich vernachlässigte dabei meinen Freundes- und Bekanntenkreis und stellte erst viel später fest, dass Antonella sich nicht im geringsten den Kopf zerbrach, dass dies der Fall war. Sie war im Gegenteil praktisch darauf aus, mich von meinem Umfeld zu isolieren. Aber in der Euphorie des Augenblicks, in der Erfüllung des Glücks war ich bereit, alles meinen persönlichen Gefühlen unterzuordnen. Und diese waren riesig, stark und so heftig, dass ich zu Handlungen und Gedanken, zu Verhaltensweisen und Einfällen fähig war, die mir sonst vollkommen fremd sind.

Mich beflügelte es, dass wir uns in dieser gemeinsamen Woge der Seligkeit trafen und darin nicht nur schwimmen, sondern über alle anderen Personen – nicht nur unseres Umfelds, sondern der ganzen Welt – hinaus surfen und uns über sie hinwegsetzen konnten. Wir erlebten eine nicht enden wollende Phase des Pferdestehlens zusammen, lachten, umarmten und liebten uns ohne Rücksicht und ohne Scheu; wir unternahmen gemeinsam Dinge, die kein Anwalt und keine Tochter aus gutem Hause unternehmen würden, wären sie im Vollbesitz ihrer geistigen Kräfte. Es war wie eine chemische Reaktion, die regelmässig stattfand, wenn wir zusammentrafen, ein Prozess, der in uns Kräfte freisetzte und uns mit diesen Kräften Sachen unternehmen liess, zu denen wir sonst nie imstande gewesen wären. Wir schlugen über die Stränge, wie das wohl jedes Liebespaar in einer solchen Phase der Verliebtheit tut. Wir setzten uns spielend und tollkühn über Grenzen und Konventionen hinweg, die mir vorher in meinem Leben immer heilig gewesen waren und deren Überschreitung in mir immer klares Missfallen erregt hatte. Es zählte nur noch das gemeinsame Lieben, und dieses öffnete mir in der gemeinsamen Glücksempfindung alle Türen. Dadurch lernte ich an mir selbst neue Seiten und vor allem neue Gefühle kennen, von denen ich mir nicht denken konnte, dass sie mich täuschen konnten. Und das Grösste dabei war, dass es Antonella ebenso erging wie mir! Wir waren irrsinnig verliebt; und gemeinsam erlebter Irrsinn gibt wohl immer ein Gefühl der Sicherheit und Geborgenheit.

Jetzt, im Nachhinein, kommt mir das alles schon ein wenig eigenartig vor. War es Liebe oder war es einfach eine grosse Konfusion der Gefühle? Heute scheint es mir, als ob Antonella sich stellenweise meiner Gefühle bediente und berechnend vorging, aber damals schmeichelte es mir, wenn sie zum Beispiel bei einem Firmenanlass insistierte, dass sie entweder mitkommen oder dass ich daran nicht teilnehmen durfte. Und wie hätte ein hilflos Verliebter wie ich, für den ein Anlass ohne Antonella vergeudete Zeit war, langweilig, sinnlos und eine Qual, auf ihre Vorschläge nicht eingehen können? Sie rief in meinem Büro an oder kam dort selbst vorbei und stellte sicher, dass in kürzester Zeit alle Angestellten wussten, dass sie meine Freundin war, was bei einigen Arbeitskollegen wiederum auf unbezweifelte Bewunderung und Respekt stiess. «Die meint es aber ernst!», bekam ich zu hören, und wenn mir eine der Sekretärinnen ein Telefongespräch durchstellte, so bekam ich zu spüren, wie sie sich anzumelden pflegte: Sie liess weder in ihrem Auftreten noch in ihrem Ton den geringsten Zweifel, dass sie und keine andere die Frau an meiner Seite war.

Es kam vor, dass sie mich aus wichtigen Sitzungen herausholte, indem sie mir auf dem Handy zuraunte: «Schatz, schau mal aus dem Fenster!», und draussen auf der Strasse sah ich, wie sie aus ihrem Auto stieg und mir zuwinkte. Auch wenn ich nur drei Minuten Zeit für sie hatte, beharrte sie darauf, ein Treffen mit mir zu vereinbaren, und sie scheute keinen Weg, um mich für diese kurze Zeit zu sehen. Sie reagierte mit offen eingestandener Eifersucht auf weibliche Personen in meinem Umkreis, was mehr als einmal peinlich und penetrant auffiel, und besonders dann störend war, wenn ich im Kontakt mit einer Klientin war. Sie war besitzergreifend, aber ich genoss es, ja, es schmeichelte mir, dass endlich jemand von mir Besitz ergriff. Sie wies mir Freunde und Bekannte zu, bei denen sie es nicht nur tolerierte, wenn ich mit ihnen zusammen war, sondern deren Gesellschaft sie mir empfahl; und andere dagegen machte sie mir mies, indem sie sagte, der eine sei neidisch auf meine beruflichen oder gesellschaftlichen Erfolge, der andere unwürdig und verdiene es nicht, mit mir zu verkehren. Insbesondere mit Kolleginnen aus meinem beruflichen Umfeld ging sie alles andere als zimperlich um, in einer Direktheit, die für unsere gut-schweizerische Art oft an Schroffheit, ja, an Frechheit grenzte. So versuchte sie auch, meine Beziehungen zu meinen Klienten und ganz besonders zu meinen Klientinnen zu beeinflussen, liess sich meine Agenda genau erklären – «Wer ist denn Frau Koller?» –, und urteilte über Fälle, mit denen ich mich über Monate beschäftigt hatte, oft aufgrund einer einzigen Begegnung: «Die! Mit der hält es ja kein Mensch aus!»

Mir machte das alles jedoch keine Angst. Es beeindruckte mich und gefiel mir sogar. Ich hatte einige Monate vorher eine Freundin verloren und dabei den ganzen Prozess der kleinen, dann immer deutlicheren Anzeichen einer bevorstehenden Trennung durchlebt; die Unsicherheit, die ewig offenen, zermürbenden Fragen, geplatzte Abmachungen, das Warten, Bangen und vergebliche Hoffen, dies alles war mir in allzu guter Erinnerung. Und nun hatte ich das genaue Gegenteil davon: Eine Frau, die mir ganz klar signalisierte, dass sie mich wollte, und die bereit war, diesem Ziel alles andere unterzuordnen. Ja, Antonella war geradezu gierig nach mir und liess mich überall spüren, dass sie mich begehrte. Sie tat dies, indem sie mir mit unglaublichen und immer wieder originellen Einfällen spontan ihre Liebe bewies; sie zögerte nicht, an einem Abend spät noch von Milano aus zu mir nach Zürich zu fahren, als sich eine unvorhergesehene Lücke in meinem Terminkalender aufgetan hatte, um den Rest einer kurzen Nacht mit mir zu verbringen. Dann wieder holte sie mich an den entlegensten Orten ab, an die mich meine Termine geführt hatten; ja, einmal, als sie wieder ein paar Tage in Milano verbracht hatte, verabredeten wir, dass ich ihr mit dem Zug nach Airolo entgegenfuhr; wir trafen uns zu einer Unzeit am Bahnhof und fuhren zusammen über den Gotthardpass zurück nach Zürich, nicht ohne ein Abenteuer in der freien Natur zu geniessen, wie zwei Jugendliche ohne festes Zuhause.

Ich erinnere mich, als ich an einem Sonntagmorgen eher spät aus den Federn kroch, nachdem ich am Abend zuvor eine sehr anstrengende und notfallmässige, nicht enden wollende Betreuung in einem Scheidungsfall hatte übernehmen müssen, bei der mich ein Klient zu sich gerufen hatte, der sich am Rande des Zusammenbruchs befand; ich hatte bis spät in die Nacht bleiben müssen, hatte mühsame, wiederholt von Verzweiflungsattacken durchsetzte Gespräche mit angehört, die immer wieder von neuem begannen und gerade dann, wenn ich glaubte, ein Zeichen der Beruhigung gespürt zu haben, wieder frisch aufflackerten. Ich war noch ein wenig konfus, verschlafen, schlurfte in die Küche, und sah, dass sie mir einen ganzen Sack voller frischer Gipfeli gebracht hatte, für die sie bis zum Hauptbahnhof gefahren war, einfach um mir eine Freude zu machen. Dann wieder zeigte sie sich von Seiten, die ich ihr nie zugetraut hätte: Einmal tauchte sie zu meiner vollkommenen Überraschung mit einem perfekten Rennrad und in der dazu passenden Kleidung auf, als ich ihr vorgeschlagen hatte, an einem Sonntag eine Rundfahrt mit dem Velo um den See zu unternehmen. Meine Augen gingen beinahe über – ihre Figur kam in dem enganliegenden Radlerkombi mehr als gut zur Geltung, und ich hatte meine liebe Mühe, mich in ihrem Beisein auf den Verkehr und die Route zu konzentrieren.

Wir liebten die gleiche Musik, lasen mit gemeinsamer Begeisterung die gleichen Bücher, schwärmten für die gleichen Filme; spontan gefielen uns die gleichen Sachen, von Möbeln über Häuser bis hin zu Schmuck und kosmetischen Artikeln – es war eine Harmonie der Gefühle und der Empfindungen, die uns darin bestärkte, dass wir uns nicht irren konnten. Doch dies war nur der Anfang, denn Antonella beteiligte sich an allen meinen sportlichen Betätigungen, da wir alles, was mir an Freizeit übrig blieb, zusammen verlebten.

In der ersten Woche unserer Begegnung mieteten wir ein kleines Segelboot auf dem Zürichsee, wie ich das schon oft getan hatte, und Antonella zeigte ein grosses Interesse daran, die Handgriffe und die Theorie des Segelns zu erlernen. Mir machte es einen doppelten Spass, sie zu unterweisen und zugleich die ideale Partnerin für mein Hobby – und natürlich für mein Leben – gefunden zu haben. Ich zeigte ihr die verschiedenen Knoten und die Funktion der vielen Seile, dann liess ich sie das Ruder übernehmen und half ihr, einen geraden Kurs zu steuern. Dabei bat sie mich mitten auf dem See, kurz anzuhalten, weil sie schwimmen gehen wollte. Ich rollte also das Vorsegel auf und liess das Grosssegel im Wind flattern, während sie sich nackt auszog, mich neckisch anspritzte und dann ins Wasser sprang – ihre Schönheit beeindruckte mich ungemein, ich entledigte mich in aller Eile meiner Kleider und sprang ihr nach. Es war aufregend, und ich begann zu merken, dass eine solche Begegnung nicht nur für sie Neues zu bieten hatte, sondern auch für mich.

Dann wieder überraschte sie mich über Erwarten, als ich ihr sagte, ich wolle im Engadin eine grössere Bergtour unternehmen, indem sie kurz und klar bestimmte, sie komme mit. Ich war davon ausgegangen, dass so etwas für sie nicht in Frage kam, und wäre bereit gewesen, ein gemeinsam verbrachtes Wochenende aufs Spiel zu setzen. Da Antonella noch nie eine Tour im Hochgebirge unternommen hatte, versuchte ich, ihr das erst auszureden, und schilderte ihr die geplante Besteigung des Piz Palü in Begleitung eines Bergführers als eine grosse, gefährliche und ausserordentlich anstrengende Tour, die viel Erfahrung und Kondition verlange, worauf sie nur kurz entgegnete: «Und? Traust du mir das nicht zu?» – Darauf konnte ich nun nichts mehr sagen, und wir unternahmen die Tour schliesslich gemeinsam, wobei sie an die Grenzen ihrer Kräfte ging, um mir zu beweisen, dass sie zu allem bereit war, um mit mir zusammen zu sein und an meiner Welt teilnehmen zu können. Der Piz Palü war ein Erfolg, das ist mir auch heute noch vollkommen klar, auch wenn Antonella in der Folge unter entsetzlichen Blasen an den Füssen und furchtbarem Muskelkater in den Oberschenkeln litt, was sie mir gegenüber nicht abstreiten konnte – ein Zeichen, dass sie nicht richtig vorbereitet war und sich bei der Tour übernommen hatte. Aber im Nachhinein kann ich ihre Beteiligung an der Besteigung und ihre ganze Anstrengung nicht mehr dem interesselosen Wohlgefallen zuordnen, mit welchem ich die Berge bestieg und auch heute noch besteige – sie überwand sich, um etwas zu erreichen. Es diente einem einzigen Zweck: mich zu besitzen.

Ich war geblendet und übersah nur zu gerne, dass da eine Komödie gespielt wurde. Einmal, als wir zusammen ein besonders schönes Konzert in der Tonhalle besuchten und sie die Blicke vieler Zuhörer auf sich zu lenken verstand, indem sie sich für den Auftritt in der Öffentlichkeit herausgeputzt hatte – geschmackvoll, gekonnt, einfach hinreissend, ihr italienisches Designerkleid machte sie zu einer Augenweide, wie das derjenige, der es entworfen hatte, wohl nicht hätte besser wünschen können –, hatte sie vergessen, ihr Handy auszuschalten. Es klingelte zum Glück nicht gerade in den Pianissimo-Passagen des zweiten Satzes, sondern erst im dritten, der eine gewisse Lautstärke hatte, aber peinlich war es doch über alle Massen, vor allem für mich. Als ich sie nach der Episode – die Blicke, die sie nun in der Pause auf sich lenkte, waren nicht mehr so bewundernd wie die vor dem Konzert – darauf ansprach, reagierte sie beleidigt und begann zu schmollen, bis ich mich bei ihr entschuldigte.

Ich hätte mich, der ich solcherlei bei Fremden niemals dulde, bestimmt nicht entschuldigen sollen; es wäre ganz an ihr gewesen, sich zu entschuldigen, denn sie hatte ja nicht nur mir einen besonderen Genuss verdorben, sondern auch vielen anderen Zuhörern. Aber ich war befangen und nahm es als Zeichen ihrer etwas chaotischen, impulsiven und spontanen Art, dass sie es unterlassen hatte, das Handy auszuschalten, obwohl ich sie noch kurz vor ihrem Auftritt im Entree darum gebeten hatte.

Was ich bei Antonella vermisste – etwa das einzige –, war ein Freundeskreis. Sie lebte in Zürich, anfänglich in einer schönen Dreizimmerwohnung in Wollishofen, bis sie nach einigen Monaten bei mir einzog. Ich besuchte sie sehr selten in ihrer Wohnung, weil sie fast die ganze Zeit bei mir verbrachte und mir Abend für Abend entweder eine italienische Mahlzeit zubereitete oder mich direkt vor dem Büro abholte, um mit mir in einem feinen Restaurant essen zu gehen. Natürlich fragt man eine neue Freundin in der ersten Phase der Verliebtheit nicht nach ihrer Vergangenheit – vor allem nicht, wenn sie sich offensichtlich jede Mühe gibt, sich von der besten Seite zu zeigen und einen zu gewinnen; und als ich sie einmal fragte, mit wem sie ihre Zeit denn verbringe, antwortete sie einfach und bestimmend:
«Schatz – mit Dir!»

Von Freunden war nie die Rede; sie war eine Frau ohne Geschichte, und sie blieb dies auch, indem sie es explizit ablehnte, von ihrer Vergangenheit zu erzählen. Antonella arbeitete in einer Teilzeitstelle bei einer Speditionsfirma, von der ich über die Telefonnummer hinaus nie etwas erfuhr. Von ihrer Arbeit und ihren Kontakten am Arbeitsplatz erzählte sie nie. Wohl aber berichtete sie von ihrer Familie. Denn über allem stand ihre Familie – der Filzi-Clan, wie ich das bald einmal ironisch nannte. Später erkannte ich dann, dass in dieser Bezeichnung sehr viel Wahres steckte. Dirigiert wurde der Filzi-Clan von ihrer Mutter, der Mamma, die aus einer matriarchalischen Zentralstellung heraus nicht nur die Geschicke der Firma, sondern auch die der ganzen Familie mit diktatorischer Schärfe leitete, unterstützt von einem Sekretariat und einem ganzen Stab von Beratern und Freunden, der sich aus der engeren und weiteren Verwandtschaft rekrutierte. So dominant und autokratisch war diese Frau, dass ich erst mit gehöriger Verspätung feststellte, dass es auch einen Papa gab – ich war davon ausgegangen, dass er längst verstorben war und dass die Mamma die Direktion von Firma und Familie (in dieser Reihenfolge) aus diesem Grund übernommen hatte. Dieser spielte jedoch praktisch keine Rolle; die Mamma hielt ihn in Schach, und seine Funktion beschränkte sich auf rein gesellschaftliche und repräsentative Auftritte, wo er jeweils taktisch im Hintergrund gehalten wurde und von Aussenstehenden kaum als der Ehemann der Mamma wahrgenommen werden konnte.

3.

Meine erste Begegnung mit Antonellas Familie fand anlässlich eines längeren Wochenendes in Italien statt. Ich hatte mich wegen eines Feiertages für fünf Tage frei machen können, und so fuhren wir zusammen mit Antonellas Wagen in den Süden. Obwohl wir uns dahingehend abgesprochen hatten, dass wir das Meer sehen wollten, fuhren wir ohne genaueres Ziel erst einmal nach Milano, um ihrer Familie die Aufwartung zu machen.

Nachdem wir die Schweiz verlassen hatten, schlug mein Herz schon viel höher, denn nun befanden wir uns auf Territorium, das mich zwar schon immer sehr gereizt hatte, das mich aber wegen der fremden Sprache und der oft befremdlichen Verhaltensweisen seiner Bewohner immer auch ein wenig verunsichert hatte. Nun hatte ich mit Antonella zum ersten Mal ein völlig neues und berauschendes Gefühl, Italien zu bereisen. Ich fühlte mich nicht mehr als bloss geduldeter und nur allzu oft etwas tölpelhafter Tourist, den man gerne belächelte und sogar jederzeit übers Ohr hauen konnte, sondern nun wurde ich als gleichwertiges Mitglied dieser Gesellschaft behandelt. Wo immer es etwas zu regeln gab, was mir früher immer wieder grosse Ängste und Schwierigkeiten bereitet hatte, da griff Antonella ein und brachte alles zu einem für uns erfolgreichen Ende. Dies begann mit den Zollformalitäten (wir reisten in ihrem Wagen mit italienischen Kennzeichen) und den Autobahngebühren, bei denen ich bisher jedes Mal den Eindruck gehabt hatte, sie würden nach der Willkür des jeweiligen Beamten in seiner Kabine festgesetzt, und setzte sich fort über das Bestellen von Mahlzeiten und Getränken, das Verhalten im Verkehr bis hin zu Anrempeleien durch schwarze Strassenhändler in den Autobahnraststätten: Wo immer eine Begegnung stattfand, da übernahm Antonella die Regie und brachte mich überlegen durch die potenzielle Falle. Sie fuhr mich mit erstaunlicher Routine in die Verkehrsspinne des Schnellstrassennetzes um Milano, zweigte hier, dann dort wieder ab, wechselte souverän die Spuren, liess sich kaltblütig von schweren Brummern und flitzigen Sportwagen anhupen, um die Autobahn dann präzise an der richtigen Ausfahrt zu verlassen, die sie mir bereits genannt hatte, indem sie triumphierte: «Siehst du? Das ist Carimate!»

Ich kam aus dem Staunen nicht heraus, meine Bewunderung für diese Frau wuchs stündlich und entwickelte sich zu einer euphorischen Begeisterung, die nun sogar das ganze Land zu erfassen begann. Schliesslich bogen wir in eine ruhige Quartierstrasse mit riesigen Mehrfamilienhäusern aus dem vorletzten Jahrhundert ein, die auf beiden Seiten von dicht aufeinander parkierten Wagen gesäumt war. Ich sah uns schon vor dem Problem, einen Parkplatz zu finden – ein Unterfangen, das mir eine geradezu notorische Angst bereitet –, als Antonella sich zielstrebig einem grünen Eisentor näherte; sie tippte durch das offene Fenster auf einem Zahlenschloss einen Code ein, das Tor öffnete sich und gab uns die Zufahrt zu einem Hinterhof mit offenem Parkplatz frei, der von Platanen beschattet wurde. Wir stiegen aus und gingen zum Haupteingang des Hauses, der in einen riesigen Korridor führte; in der Mitte eines spiralförmig angelegten Treppenhauses war ein Liftschacht. Eine Antiquität von einem Aufzug, mit Mahagoni, schummrigen Lampen und vielen Spiegeln, brachte uns in das 6. Obergeschoss, wo die Türe mit einem lauten Quietschen aufging. Ich war gespannt!

Man hätte dem Gebäude von aussen niemals eine solch repräsentative Wohnung zugetraut. Ohne zu klingeln öffnete Antonella die Wohnungstüre, und wir traten durch eine schwere Holztüre in ein dunkles Entree; die grossen Räume waren hoch, und die Gipsdecken mit Ornamenten aus Stuck besetzt, riesige, schwülstige Lüster hingen an schweren Ketten herunter und schillerten in kristallenem Glanz.

«Mamma! Sono io!» rief Antonella fröhlich durch den Korridor. «Mamma! Mamma!»
Ich hielt mich verlegen im Hintergrund und wartete auf den Auftritt der Signora. Diese liess sich nicht bitten und trat uns alsbald entgegen, eine stark geschminkte, sehr nobel gekleidete Dame mit einem ganzen Strang von Goldketten um einen tief dekolletierten Hals. Sie gab sich alle Mühe, jünger zu scheinen, als sie war; ihr Haar war kastanienbraun gefärbt und so fest geformt, dass jede Strähne wusste, welchen Platz sie einzunehmen hatte. Strengen Blickes und ohne ein Wort zu sagen ging sie auf Antonella zu, liess sich von ihr auf die Stirn küssen, während sie sich eine feine goldene Brille aufsetzte; sie wandte ihren Blick keine Sekunde von mir ab. Antonella stellte mich der Signora vor:
«Mamma! Das ist Erich!»

Die Signora liess mich zwei Schritte auf sie zugehen und nahm mich an beiden Händen; sie hielt diese fest, drückte sie mal fester, mal weniger, und sah mir direkt in die Augen. Ich stammelte ein etwas erschrockenes «Buon giorno!», in der Hoffnung, der Griff ihrer Hände würde sich dadurch etwas lockern – doch die Signora hielt mich weiter fest und sah mir in die Augen. Ich

versuchte mal ein Lächeln, mal ein etwas ernsteres Gesicht aufzusetzen, dann blickte ich hilfesuchend zu Antonella, die die ganze Zeit ein bisschen zu weit von mir weg stand, als dass ich auf ihre Hilfe wirklich hätte zählen können, doch der Griff der beiden Hände der Signora verstärkte sich mit einem Ruck, so dass mir sogleich bewusst wurde, dass ich einen Fehler gemacht hatte und dass ich sie weiter anblicken musste. Wortlos prüfte die Signora meine Augen und meine Gesichtszüge während einer Zeitspanne, die mir wie eine Ewigkeit vorkam, bis sie schliesslich zu Antonella sagte:
«Antonella! Und jetzt erzähle mir mal, wer dieser Erich ist!»
Dabei hauchte sie das «ch» in meinem Namen in einem Ton, der mich unwillkürlich um einige Zentimeter kürzer werden liess.
«Mamma! Erschreck ihn doch nicht so! Ich habe dir erzählt von Erich – er ist Anwalt und wohnt in Zürich, er ist ein guter Junge, und wir mögen uns sehr!»
«Und was will er hier?»
«Ich habe dir gesagt, dass ich ihn dir erst vorstelle...»
«...bevor was?» fiel ihr die Signora ins Wort, was mich sicher noch weiter hätte erröten lassen, wenn ich es verstanden hätte, doch zu meinem Glück versagten hier meine Italienischkenntnisse kläglich. Ich spielte ganz fest mit dem Gedanken, meine Augen wieder von der Signora abzuwenden, doch ein neuerlich verstärkter Druck der mit einer Anzahl von breiten Ringen versehenen und fein manicurierten Hände liess mich diesen Gedanken gleich wieder vergessen.
«...bevor wir zusammen in die Ferien fahren!», ergänzte Antonella.
«In die Ferien!»
Dies war ein Wort, das ich verstand, und so versuchte ich es wieder mit einem Lächeln:

«Ja, in die Ferien!», stammelte ich in Italienisch.
«Oho, er spricht also Italienisch!», stellte die Mamma fest.
«Ja, sicher, und er lernt jeden Tag mit mir!»
«Und wohin geht ihr denn?»
«Ich will Enrico das Meer zeigen!»
«Aber das ist nun eine gute Idee!», tönte es nun zu meiner grossen Erleichterung; die Italienisierung meines Namens hatte offenbar das ihrige dazu beigetragen.

Ich weiss nicht, wie lange die Signora mich noch an beiden Händen festgehalten hätte. Ich hatte schon längst feuchte Hände und hätte mir nichts lieber gewünscht, als diese zu waschen, doch nun trat zu meiner Befreiung Hilfe an: Das Telefon klingelte laut und vernehmlich durch die ganze Wohnung, weshalb die Signora mich losliess, in die Hände klatschte und in herrschendem Ton rief:
«Cesare! Bring mir das Telefon!»
Cesare war niemand Geringeres als Antonellas Vater, der nun mit einem kabellosen Gerät heranschlurfte, ein freundlicher, grauer Herr, klein und in elegantem Anzug, aber ohne Krawatte, dafür mit einem Foulard – und das bei einer Hitze, die mich in meinem Polohemd bereits stark bedrängte. Cesare übergab das Telefon der Signora, womit sie endlich auch ihren Blick von mir abliess und das Gespräch annahm, um unter lautem Reden und wild gestikulierend in einem Nebenzimmer zu verschwinden.

Ich habe wohl so deutlich vernehmbar aufgeatmet, dass es Cesare auffiel. Dieser schüttelte kurz und freundlich meine Hand, nachdem er sich von Antonella auf die Stirn hatte küssen

lassen und bat uns sofort in das Empfangszimmer, wo er uns alsbald einen Kaffee anbot. Gerne nahmen wir an, worauf er verschwand, was mir Gelegenheit gab, mich kurz mit Antonella abzusprechen.
«Was war das?», fragte ich sie etwas verunsichert.
«Ach, meine Mutter – so ist sie halt! Aber ich glaube, sie mag dich!»
«Tatsächlich?»
«Ja, ich habe es ihren Augen angesehen!»
Ich hatte ihren Augen gar nichts angesehen, ausser vielleicht eine gehörige Portion Verachtung, Kaltschnäuzigkeit oder Überheblichkeit, und hatte doch soeben gegen meinen Willen gerade diese Augen viel länger angesehen, als ich es gewünscht hätte...
«...ihren Augen! Und was hat sie dich gefragt?»
«Aber Schatz! Sie hat nur gefragt, weshalb ich dich ihr vorstellen wollte.»
«Und was hast du darauf geantwortet?»
«Ich habe nur gesagt, dass ich dich vorstellen wollte, ehe wir in die Ferien fahren.»
«Ja, das mit den Ferien habe ich verstanden.»

Cesare kam mit drei Tassen perfekt geschäumtem Cappuccino auf einem Tablett ins Empfangszimmer, stellte dieses auf ein kleines Tischchen und schob mir eine Tasse zu:
«Bitte sehr!»
Doch noch ehe ich die Tasse ergreifen konnte, kam die Signora zurück und deutete mit dem Telefon auf den kleinen Tisch:
«Cesare! Warum hast du dir keinen Espresso gemacht!»
Cesare verschwand wortlos wieder in der Küche, während die

Mamma sich in seinem Sessel niederliess. Sogleich begann sie mit Antonella ein angeregtes Gespräch, dem ich jedoch nicht folgen konnte. Ich schlürfte an meinem Kaffee und genoss es, mich ein wenig entspannen zu können, indem ich mich in dem Zimmer umsah.

Aus der Distanz – sowohl räumlich als auch zeitlich – gesehen wurde mir die Signora, die mich mit ihrem Direktangriff sehr verunsichert hatte, etwas verständlicher. Während sie den Cappuccino in einem Zuge austrank, sah sie mich immer wieder an; sonst verfolgten ihre Augen jede Bewegung und jede Miene ihrer Tochter. Praktisch bei jedem Satz Antonellas ergänzte sie ein Wort, dem diese dann sogleich beipflichtete. Sie machte auf mich den Eindruck einer sehr bestimmten und an Erfolg gewöhnten Frau, die in ihrem Hintergrund eine Ahnenreihe und eine den Rücken stärkende Garde von Beziehungen wusste, die weit bis ins finstere Mittelalter zurückreichten. Ihr Status war nicht durch lange Entbehrungen und hartes Arbeiten zustande gekommen, sondern sie war in diesem Nimbus von Tradition, Macht und Geld aufgewachsen, und wenn es etwas zu entschuldigen gab, dann eigentlich bloss die Tatsache, dass sie nicht in einem Schloss oder einer stattlichen Villa wohnte, sondern in einer – zugegebenermassen ansehnlichen – Wohnung in Milano. Sie war die einzige Tochter aus vermögender Familie, und hatte es geschafft, die Wirren der Nachkriegszeit zu ihren Gunsten zu verwerten, so dass sie mit dem Familienvermögen in der Hand eine Existenz für eine ganze Sippe von Filzis aufgebaut hatte. Kein Wunder, dass sie daher das Ansehen ihres ganzen Clans genoss und den Lebenswandel ihrer Tochter mit Argusaugen verfolgte – und wenn auch geplant war, wie mir Antonella bereits früher mitgeteilt hatte, dass ihr Bruder Roberto die Firma übernehmen sollte, so hing doch ein beträchtliches Prestige am Werdegang ihrer Tochter.

War es eine Gewissensprüfung oder ein Initiationsritual gewesen? Ich sah auf dem Gesicht dieser Frau kein Lächeln, sondern vernahm nur in bestimmten Abschnitten des Gespräches mit ihrer Tochter – immerhin meine Geliebte! – ein zynisches oder sarkastisches, manchmal höhnisches «Ma che!», worauf sich Antonella wiederum in offensichtlich apologetischen Ausführungen erging, die jedoch von einem harten Stakkato von kurzen, lauten Zwischenbemerkungen unterbrochen wurden. Was ging in dieser Frau vor, der nun soeben der Liebhaber ihrer Tochter vorgestellt worden war? Natürlich, sie war gerade mit dem Mann konfrontiert worden, der mit ihrer Tochter schlief, und ich fühlte mich bei dieser Gegenüberstellung wie ein Schuljunge, den man beim Abschreiben während einer Prüfung erwischt hatte – aber anderseits war es doch auch ihre Tochter, die an ebendieser Handlung als autonome Mitspielerin beteiligt war; genau genommen war die Initiative zu ebendieser Handlung ja auch nicht von mir ausgegangen, sondern von ihrer Tochter selbst, wobei ich wegen meiner mangelnden Sprachkenntnisse nicht eruieren konnte, ob das überhaupt das Thema des Gesprächs war, und ob Antonella ihrer Mutter auch ebenso klar dargestellt hatte, dass die Verbindung mit mir durch ihre Initiative entstanden war. Ich konnte mir auf die Verhaltensweise ihrer Mutter keinen rechten Reim machen und beschränkte mich einstweilen darauf, die gutbürgerliche, etwas ins Schwülstige tendierende Inneneinrichtung der Wohnung zu studieren.

Das Gespräch dauerte und dauerte – ich hatte das dringende Bedürfnis, nach der langen Autofahrt die Toilette aufzusuchen, und erhob mich zögernd, indem ich versuchte, Antonellas Aufmerksamkeit auf mich zu lenken. Doch erst nach geraumer Zeit lächelte sie mich kurz an und bedeutete mir, dass ich die erste Türe links im Korridor nehmen sollte.

Diese Anweisung war, wie sich herausstellen sollte, nicht ganz korrekt – links ist nun mal ein relativer Begriff, und während ich die erste Türe nahm, die mir zur Linken lag, hatte sie offensichtlich die Türe gemeint, die einem Eintretenden als erste Türe links vorgelegen hätte. So öffnete ich nicht die Türe der Toilette, sondern des Büros, und erblickte einen finsteren, vollkommen unordentlichen Raum, in welchem eine Reihe von Arbeitstischen stand, die mit Akten übersät und mit Stapeln von Kisten und Kartons beladen waren; die Wände waren mit Regalen voller Ordner der verschiedensten Formate und mit Kartonkisten mit handschriftlichen Bezeichnungen verstellt, auf den Tischen erkannte ich beim schummrigen Licht der geschlossenen Fensterläden mehrere Computer und Bildschirme, Fax und Fotokopierer, aber auch eine alte elektrische Schreibmaschine, wie ich sie seit vielen Jahren nicht mehr im Einsatz gesehen hatte. Mitten im Raum führte eine offenbar später eingelassene Wendeltreppe in das unmittelbar darunter liegende Geschoss, aus dem man das Plappern von Sekretärinnen und andere Geräusche von lauter laufenden Geräten vernehmen konnte, die von eifriger Tätigkeit im unteren Stockwerk zeugten. Das Büro schien kein Ort, an dem andere arbeiteten, sondern war offensichtlich eine Zentrale, in welcher sich nur eine einzige Person auskennen konnte

– eben die Mamma. Ich wollte eben den Raum verlassen, als ich eilige Schritte die Treppe heraufkommen hörte; eine Stimme rief «Signora! Signora!». Eine junge Sekretärin erschien auf Bodenhöhe und sah mich mit grossen Augen erschrocken an, ihre Hände hielten sich am Treppengeländer fest. «Oh – scusi!» sagte sie, doch ihr Blick verriet mir, dass das keine Entschuldigung war, sondern dass sie empört war, einen Fremden an diesem Ort zu sehen, zu dem offensichtlich nur die Signora Zutritt hatte. Ich stammelte ein paar Worte und versuchte ihr zu bedeuten, dass Antonellas Mutter in der Wohnung war: «La signora è là!» Die junge Frau warf mir einen argwöhnischen Blick zu, der mir verriet, dass ich mich schleunigst zu entfernen hatte. Ich trat erschrocken zurück und verliess den Raum, während mich die Angestellte sorgfältig überwachte, und versuchte es mit der gegenüberliegenden Türe.

Ich liess mir Zeit, um über die Peinlichkeit der Begegnung hinwegzukommen; ausserdem war mir bewusst, dass Gespräche zwischen Töchtern und Müttern, denen gerade der Liebhaber vorgestellt worden war, eine gewisse Privatsphäre benötigen. Ich war gespannt, was die Signora von mir dachte, und hatte im Sinn, Antonella in der Folge über das Gespräch und über das Büro zu befragen, in das ich gestolpert war. Als ich nach angemessener Zeit betont langsam in das Empfangszimmer zurückkehrte, war das Gespräch etwas abgeklungen – die Signora rauchte eine Zigarette und blies mir den Rauch entgegen, ohne mir auch eine anzubieten.

Cesare hatte die Botschaft offenbar verstanden und war aus der Küche nicht wieder zurückgekehrt; ich hatte bei meinem

Gang zur Toilette gesehen, wie er am Küchentisch sass und seinen Espresso trank, indem er in einer Zeitung blätterte. Doch nun wurde er wieder gerufen und hatte seinen zweiten Auftritt, um sich von uns verabschieden zu lassen, denn die Mamma hatte bereits beschlossen, dass wir so schnell als möglich weiterfahren mussten. Wie mir Antonella erklärte, hatte sie uns für ein paar Tage eine Wohnung in Chiavari reserviert, die dem weiteren Kreise der Familie zugehörte, und in der wir unsere Ferien verbringen konnten.

Der Abschied gestaltete sich rasch und informell – Antonella küsste ihre Eltern wieder auf die Stirn und ging zur Türe hinaus, als ob sie immer noch hier lebte, während Cesare mir kollegial auf die Schulter klopfte und schöne Ferien wünschte. Die Signora nahm mich nun an den Oberarmen, schaute mir wieder tief in die Augen und sagte mir:
«Sie wissen aber, dass sie noch sehr jung ist!»
«Natürlich, Signora, natürlich!», stammelte ich, indem ich spürte, wie sich ein Schweisstropfen unter meiner Achselhöhle löste und über meine Haut rann.
«Also dann, Erich – schöne Ferien!»
Ich fürchtete schon, sie würde mich an sich ziehen und küssen; zu meiner grossen Erleichterung unterliess sie dies jedoch, verstärkte einfach kurz ihren Druck auf meine Oberarme und stiess mich dann weg, wie man ein Kind auf einer Schaukel anstossen würde.

Auf der Weiterreise fragte ich Antonella aus. In der ruhigen Atmosphäre des Autos und einer entspannten Autobahnfahrt in Richtung Genova – ich hatte kurz nach Milano das Steuer übernommen, obwohl das wegen der italienischen Kontrollschilder ungesetzlich war – fanden wir Zeit und Musse, ein wenig über die Hintergründe zu sprechen. Ich hatte ein paar dringende Fragen:

«Macht deine Mutter das immer so?»

«Was denn, Schatz?»

«Sie hat mich so lange an den Händen festgehalten und mir wortlos in die Augen geschaut...»

«Aber Schatz! Ich bin doch ihre Tochter! Sie will doch wissen, mit wem ich mich da eingelassen habe!»

«Bestimmt! Aber diese Art – andere Menschen würden doch eher ein Gespräch suchen?»

«Meine Mutter ist eben nicht wie andere Menschen.»

«Das habe ich auch verstanden!»

«Und was heisst da schon immer? Ich habe noch nie einen Geliebten mit nach Hause gebracht!»

«Tatsächlich!»

«Aber Schatz – wofür hältst du mich denn?»

«Ich halte dich für eine ganz grossartige Frau – und ich bin stolz und glücklich, dass ich dein Geliebter bin!»

«Siehst du! Dann verstehst du doch auch, was meine Mutter von dir wissen wollte!»

«Schon! Aber auch – am Schluss, diese Bemerkung, du seiest noch sehr jung...»

«Mit 28 ist man doch noch jung, und in Italien vielleicht noch ein wenig jünger als in der Schweiz, wo immer alle schon mit spätestens 17 von zu Hause ausziehen!»

«Wann bist du denn zu Hause ausgezogen?»

«Ich? Was tut das denn zur Sache? Du hast ja gesehen, ich gehöre immer noch zu meiner Familie, auch wenn ich seit einiger Zeit in Zürich arbeite und lebe.»

«Es nimmt mich trotzdem wunder – wie alt warst du, als du ausgezogen bist?»
«Was heisst da ausgezogen? Ich bin doch nicht ausgezogen. Ausziehen heisst doch eine eigene Wohnung haben...»
«Genau! Und das hast du doch!»
«Nein, das ist nur eine Unterkunft für die Arbeitszeit...»
«Ach so – dann bist du also gar nie ausgezogen?»
«Nein!»
«Ausserdem – ich bin da in ihr Büro getrampelt...»
«In ihr Büro?!»
«Ja, ich habe mich in der Türe vertan...»
«Madonna!»
«Wie bitte?»
«Das Büro – da war noch nie jemand anderes drin als sie! Weisst du, nicht mal wir als ihre Kinder oder mein Vater...»

Es kam, wie es kommen musste, und ihr Handy klingelte – natürlich war es ihre Mamma, die sich nach ihr erkundigte und die nun für die nächsten 60 Kilometer am Draht war, bis das Gespräch durch einen Tunnel kurz vor der ligurischen Küste unterbrochen wurde. Da die Weiterfahrt immer wieder durch längere Tunnels mit nur kurzen Abschnitten auf gewagten Brücken und ausgesetzten Rampen führte, hatten wir weitere Gelegenheit für ein Gespräch.
«Wohin fahren wir denn jetzt?»
«Nach Chiavari!»
«Ist das eine Stadt?»
«Ach so, du kennst Chiavari nicht – das ist eine wunderschöne Stadt mit einer Altstadt aus dem Mittelalter und Laubengängen, und sie liegt direkt am Meer. Wir haben da eine Wohnung

für ein paar Tage zur Verfügung, die gehört Zia Alberta, und die ist gerade weg, so können wir da bleiben.»
«Toll! Sieht man das Meer?»
«Von der Wohnung aus nicht, die ist mitten in der Altstadt, aber wir gehen natürlich jeden Tag ans Meer!»
«Und wie geht das mit dieser Wohnung – ich meine, die Zia Alberta, die hat doch alle ihre persönlichen Sachen da...»
«Nein, das ist ihre Ferienwohnung, sie wohnt in Lurate bei Milano, und ich war schon ein paar Male in der Wohnung.»
«Toll! Und wir können da einfach hin?»
«Klar! Das ist meine Familie!»

Ich begann, die Vorteile eines matriarchalischen Familienclans zu sehen. Antonella übernahm bei einer kleinen Raststätte wieder das Steuer und spurtete die letzten Kilometer der Autobahn nach Chiavari, fand die richtige Ausfahrt und wiederholte ihren Trick mit dem Code bei einem neuen Garagetor, das uns in eine unterirdische, verwinkelte und klaustrophobisch enge Einstellhalle brachte. Antonella zirkelte das Fahrzeug sorgfältig auf einen gelb markierten Platz und sprach:
«Na los! Wir sind da!»
Ich folgte ihr durch einen finsteren Korridor, indem ich unsere Taschen trug, und fand mich in einem alten gewölbten Keller wieder, von dem aus eine Treppe in eine Kaffeebar führte. Antonella rief einem Cameriere zu:
«Giuseppe!»
Und dieser kam lächelnd auf Antonella zu, küsste sie auf beide Wangen und wurde mir als ein weiterer entfernter Verwandter vorgestellt. Für mich war damit zum ersten Mal in meinem Leben einer dieser unzähligen Angestellten einer Bar zu einem

Verwandten geworden, was mich nicht wenig reizte. Giuseppe händigte Antonella die Schlüssel zu der Wohnung aus, die im obersten Stockwerk des selben Hauses lag. Zusammen stiegen wir die enge Treppe hinauf und betraten eine ausgesprochen ruhige, einfach, aber geschmackvoll eingerichtete, mit dunklen Dachbalken gesäumte Wohnung.

Ich war überwältigt. Bisher hatte ich Italien immer mit sehr viel Reiz, aber auch mit enorm viel Stress verbunden. Alles, was ich tat, eckte irgendwie an – von der einfachsten Bestellung eines Kaffees bis hin zu Verhandlungen über die Verfügbarkeit von Hotelzimmern, ich war immer wegen meiner fehlenden Sprachenkenntnisse isoliert. Mit Antonella hatte sich das nun alles vollkommen geändert – alles ging wie von selbst, verschlossene Türen öffneten sich vor uns, aus Angestellten einer Kaffeebar waren Verwandte geworden, es stand eine schöne und absolut ruhige Wohnung mitten im historischen Zentrum einer Altstadt kostenlos zur Verfügung, wie ich sie bisher immer nur von aussen erahnt hatte. Ich sah Antonella voller Dankbarkeit und Anerkennung an und war mir zum ersten Mal in meinem Leben sicher, die richtige Frau gefunden zu haben.

Es wurden wunderschöne Tage am Meer und in den Arkaden der Altstadt. Wir mieteten ein kleines Segelboot und liessen uns in der Wärme des Mittelmeeres der Küste entlang treiben. Ob wir uns an den Strand legten, in den Wellen des warmen Meeres schwimmen gingen oder ob wir Hand in Hand durch die Laubengänge flanierten und die kunstvollen Schaufensterauslagen betrachteten, wir verstanden uns vollkommen in diesen Stunden des Glücks. Ich konnte nicht genug kriegen von dieser Frau

– und Antonella schien es ebenso zu ergehen. Sie brachte mich in die richtigen Restaurants – auch so ein Albtraum für mich, der ich immer den Eindruck hatte, im falschen Lokal und am falschen Tisch zu sitzen, wenn ich alleine unterwegs war – und in die richtigen Gelaterias, wo sie Spezialitäten und Raritäten kannte und für mich bestellte. Wir kosteten uns durch eine Reihe von Gerichten, wie ich sie von mir aus nie probiert hätte, weil es mich sonst verunsichert hätte, durch Getränke, Häppchen, Süssspeisen; wir amüsierten uns, genossen, lachten, liebten uns. Das Handy blieb ruhig, und mein sehnlichster Wunsch war es, die Ferien um ein paar Tage zu verlängern, was allerdings so kurzfristig nicht mehr zu ändern war.

Am Vorabend unserer Abreise brachte mich Antonella in ein ganz besonders stimmungsvolles Restaurant mit einer traumhaften Aussicht über die Steilküste und das Meer. Wir sassen beim Aperitif auf einer wunderschönen Terrasse und hielten uns bei der Hand, und ich fragte sie, ob sie mich heiraten wollte. Antonella sah mir in die Augen, dann schloss sie diese, um mir einen langen Kuss zu geben.
«Ist das ein Ja?», fragte ich.
«Erich, mein Schatz,» sagte Antonella, «ja, das ist ein Ja!»

4.

In den nächsten Monaten kamen wir uns immer näher. Antonella gab sich jede erdenkliche Mühe, mir zu gefallen, und ich tat alles, was in meiner Macht stand, um mich ihr und ihrer Familie anzunähern. Ich lernte Italienisch – Sprachen waren nie meine Leidenschaft gewesen –, hörte im Auto Musik von italienischen Cantautori, ging mit Antonella in italienische Filme und schaute sogar manchmal eine Sendung am italienischen Fernsehen an, was ich früher nicht im Traum getan hätte. Aber ich tat noch andere Sachen, von denen ich mir noch wenige Monate zuvor nicht hätte vorstellen können, dass sie mir auch nur in den Sinn kommen würden. Ich begann mich auch zu fragen, ob das gut war so – aber auf der Wolke der Verliebtheit und in der Aussicht auf eine gute und feste Partnerschaft schien mir alles ein wenig vertrauter, was mir sonst Angst gemacht hätte.

Natürlich war Antonella katholisch, und eine Heirat mit einem «Acattolico» vollkommen ausgeschlossen. So unterzog ich mich dem Prozedere, der katholischen Kirche beizutreten – das war die einzige Bedingung, die Antonellas Familie gestellt hatte. Ich tat das nicht aus religiösen Gründen, sondern weil die Etikette es so von mir verlangte. Don Vincenzo, der zuständige Priester an meinem Wohnort, stellte sich alsbald bei uns vor, ein junger, etwas beleibter, aber herzensguter Kerl mit wässerigen Augen und einem bleichen Teint, in Jeans und Sweatshirt nicht als katholischer Klerus zu erkennen. Wir verbrachten viele Stunden zusammen, indem er uns über die heilige Institution der Ehe belehrte, und etwas mulmig wurde mir nur bei seinen Ausführungen über die Liebe, denn hier hielt ich mich persönlich an die Einsicht, dass derjenige, der das Spiel nicht spielt, auch nicht die Regeln aufstellt. Wer weiss schon, was Liebe ist? Ist sie wirklich die Macht, die Menschen zusammenbringt? Aber als Anwalt in Sachen Scheidung waren mir hier menschliche Erfahrungen nicht fremd; ich wusste aus meinem beruflichen Alltag, dass so manche viel versprechende Ehe in einem Desaster endete. Ich folgte den ganzen Ausführungen daher mit grossem Interesse, denn in so manchem Punkt überschnitten sich unsere Meinungen, vor allem, wenn es darum ging, den Sinn einer Ehe und deren Festigkeit in Begriffe zu fassen. Doch in einem Punkt blieben wir geteilter Meinung: Wie kann man denn erkennen, wie sich ein Partner in der Zukunft verhalten wird? Und wie kann man erkennen, wie man sich selbst einmal verhalten wird? Wie kann man seine eigenen zukünftigen Bedürfnisse und die eines Partners einschätzen?

Das waren Fragen, über die ich mir schon oft Gedanken gemacht hatte, und die Antworten Don Vincenzos waren mir daher peinlich, ich empfand sie als eine sinnlose Belehrung von einer anderen Seite, die dazu nichts beizutragen hatte. Wenn wir auch im Einzelnen keine Einigung erzielen konnten, so widersprach ich seinen Ausführungen im Allgemeinen nicht, denn sie schienen mir sinnvoll, ja, geradezu eine Wunderwaffe gegen die Krankheit, mit der ich beruflich täglich konfrontiert bin.

Dennoch blieb manchmal, wenn ich alleine war, ein ungutes Gefühl zurück. Ich hatte den Eindruck, dass aus mir etwas anderes geworden war, dass ich mich verändert hatte, dass ich vielleicht sogar zu etwas anderem gemacht worden war – aber anderseits war das ja auch nicht von der Hand zu weisen, denn wenn man eine Beziehung mit einem anderen Menschen eingeht, so verändert man sich ja ganz bestimmt. Man mag über die Bedeutung, das Ausmass und die Menge dieser Veränderungen nachdenken, aber wo will man eine Grenze ziehen, die man nicht überschreiten kann, ohne sich selbst untreu zu werden? Und waren nicht die Veränderungen, die meine Beziehung mit Antonella bei ihr verursacht hatte, viel einschneidender als diejenigen, die sich an mir feststellen liessen? War nicht sie zu mir gezogen, nach Zürich? Und war ich nicht in meinem Beruf ebenso erfolgreich und beliebt wie vorher? Waren nicht die Schritte, die ich auf Antonella zu getan hatte, bloss Annäherungen, und gar keine Anpassungen?

Das waren Fragen, die mich jedoch nur dann beschäftigten, wenn ich alleine war. War ich mit Antonella zusammen – und dies war immer öfter der Fall, da sie kurz nach unserer Reise nach Italien bereits in meine Wohnung umzog, und wir zusammen zu leben begannen –, kamen mir solche Gedanken nicht. Denn hier wurden unsere gemeinsamen Unternehmungen allmählich immer mehr durch intensive Hochzeitsvorbereitungen abgelöst. Ich wurde aufgefordert, eine Liste der Verwandten zusammenzustellen, die zur offiziellen Feier nach Milano eingeladen werden sollten, eine Liste, die ich mit viel Mühe und Not zusammenbrachte, und die schliesslich keinen Zehntel der Liste ausmachte, die Antonellas Familie vorlegte. Es war ausserdem klar, dass der Hochzeit verschiedenste Fahrten nach Milano vorangingen; so fuhren wir eine zeitlang fast jedes Wochenende in die Wohnung, die Antonella immer noch als ihr Zuhause betrachtete, und meine Begegnungen mit der Mamma und ihrem Papa wurden entsprechend häufiger.

Ein unangenehmes Gefühl der Nervosität konnte ich in der Gegenwart der Signora nie loswerden. Zwar hatte sie mich schon etwa bei der dritten Begegnung gebeten, sie auch als Mamma anzusprechen, doch fiel mir dies ausgesprochen schwer, während ich keine Schwierigkeiten damit hatte, den Papa als Cesare anzusprechen; beim Gedanken jedoch, die beiden auf die Stirn zu küssen, graute mir. Ein Gefühl der Ungehörigkeit ergriff mich auch jedes Mal, wenn wir zusammen in Antonellas Bett schliefen; ich kam mir dabei vor, als wäre ich ein Mädchenschänder, der seinen Untaten in der Wohnung der Eltern seines Opfers eine ganz besondere Befriedigung abgewinnt, obwohl Antonella nur einige Jahre jünger war als ich. Die ganze Atmosphäre ihres Zimmers erweckte den Anschein, als ob hier seit ihrem 15. Geburtstag nichts mehr verändert worden wäre; die Wände waren mit Pferde- und durch angehauchte Linsen fotografierte Mädchenposters dekoriert, in einem Bücherregal befanden sich noch ihre Schul- und Kinderbücher, und das Bett wurde während ihrer Abwesenheit von Teddybären und Puppen benutzt, die alle Platz machen mussten, wenn wir hier übernachteten, was in mir nicht gerade das Gefühl auslöste, ich sei hier sehr willkommen, und mich meine Lust auf Antonella als etwas Ungehöriges und Obszönes empfinden liess. Zum Beischlaf kam es in dem Zimmer daher nicht.

Es war von Anfang an klar, dass die Signora bei der Hochzeit Regie führte; vom Empfang in der mütterlichen (eigentlich elterlichen) Wohnung über die genau geplante Fahrt mit dekorierten und laut hupenden Fahrzeugen durch die Via Alberto zur Kirche hin – immerhin war es nicht der Dom! –, bis hin zur auf dem Platz vor der Kirche folgenden Fotosession und der gemeinsamen Weiterfahrt (mit hupender Autokolonne) zu einem exklusiven Restaurant unterlag alles ihrem Kommando. Natürlich bestimmte sie, welche Weine zu welchem Zeitpunkt kredenzt wurden, das Menu vom Aperitif über unzählige Vor- und Haupt- bis zu einer nicht enden wollenden Serie von Nachspeisen wurde von ihr festgelegt, und ein genauer Zeitplan dafür eingesetzt, es wurden Musiker angehört und verworfen, Geschenksabsprachen getroffen, ein Fotograf unter Vertrag genommen, Kostümproben vereinbart. Dass das Ganze eigentlich unsere Hochzeit war, ging dabei ein wenig unter, aber ich war bereit, zu glauben, dass dies der Preis war, den ich für die schöne Tochter zu bezahlen hatte.

Und die Tochter war mein! Das war es ja schliesslich, was mich dazu brachte, alle diese befremdlichen und teils auch vollkommen absurden Rituale über mich ergehen zu lassen; dabei liess ich jedoch ausser Acht, dass es eben nicht nur leere und sinnlose Rituale waren, sondern auch Bänder, die geknüpft, Ketten, die genietet, und Fesseln, die verknotet wurden. Aber als solche empfand ich sie damals nicht – im Gegenteil, es schmeichelte mir, dass ich in eine so solide wirkende und in ihren Traditionen so fest verankerte Familie heiraten konnte und in eine Gemeinschaft aufgenommen wurde, zu der ich sonst keinen Zugang gehabt hätte; die Vorteile überwogen die Bedenken bei weitem, die ich durchaus auch hatte, und die wohl jeder Mensch hat, wenn er sich ewig bindet.

Die Monate bis zu dem grossen Tag verflogen im Nu – ich war mit meiner Arbeit stark ausgelastet, während fast meine gesamte Freizeit in die Planung und Vorbereitung der Hochzeit investiert wurde. Ich traf keine Freunde und Kollegen mehr; wir planten das Fest und in der Folge einen dreiwöchigen Urlaub beim Segeln in Schottland. In dieser Hinsicht übte die Signora edle Zurückhaltung – wohl nach der alten Überzeugung, dass der Honeymoon Privatsache des jung vermählten Paares war; sie liess uns machen.

An die Hochzeit denke ich höchst ungern zurück; es war bei weitem nicht der schönste Tag in meinem Leben. Von der gesamten Hektik und dem von allen Seiten auf mich hereinbrechenden gesellschaftlichen Druck einer immer grösser werdenden Familie, von der ich nur ein paar wenige Mitglieder persönlich kannte und zu denen ich ausserdem nur eine höchst oberflächliche Beziehung hatte, obwohl ich nun in deren Zentrum zu stehen hatte, über das satte Programm, das kaum Abweichungen von wenigen Minuten gestattete und daher an allen Ecken und Enden Gefahr lief, durch eine Kleinigkeit zum Scheitern verurteilt zu sein, bis hin zu dem Detail, dass meine Nichte, eine Vierjährige, die zum Tragen der Ringe auf einem speziell dazu geschaffenen roten Samtkissen auserkoren worden war, Antonellas Ring in der Kirche fallen liess, wo er in einem hell klingenden Bogen über die Marmorfliesen rollte und schliesslich unter den ersten Bänken verschwand, was in den ganzen Reihen ein Raunen, eine Unruhe und eine Woge sich bückender Damen und Herren zur Folge hatte (immerhin wurde er wieder gefunden und konnte sogar rechtzeitig von mir entgegengenommen werden) – der Tag vermittelte mir nicht ein Gefühl der Freude und des Glückes, sondern der Verunsicherung und der Nervosität. Das Prozedere liess mir kaum einen Augenblick, während dem ich mit Antonella alleine sein und in ihre vertrauten Augen blicken konnte. Gegenüber den wenigen Vertretern meiner Familie – sie waren mit nur zwei Autos gekommen und bildeten eine Exotengruppe bei der Zeremonie und dem anschliessenden Fest – versuchte ich, die gesamte Folklore etwas ins rechte Licht zu rücken, was mir aber nicht in jeder Hinsicht ganz glückte; wohl war mir bei der Sache nicht.

Eine geradezu unglaubliche Szene war die Fotosession. Ich hatte erwartet, dass der von der Familie auserwählte Fotograf nach der Trauung vor der Kirche das offizielle Hochzeitsfoto schiessen würde, und damit basta. Was mich jedoch hier erwartete, übertraf meine kühnsten Vorstellungen bei weitem. Denn neben der Dokumentation aller Einzelheiten der Feier mit Hunderten von Fotos und einem Videofilm sollte noch eine Serie romantischer Bilder von dem Brautpaar gemacht werden. Zu diesem Zweck wurden Antonella und ich für eine gute Stunde aus der Gesellschaft entführt, und zwar zum Castello Sforzesco, das dem umsichtigen Fotografen als würdige Kulisse für die Szene erschien. Ein Assistent hielt gleissend helle Lampen, weisse Schirme und einen Strauss mit Rosen bereit, den Antonella vor einem Publikum von schaulustigen Touristen aus meiner Hand entgegennehmen sollte, die eifrig ihre eigenen Bilder von der Szene knipsten. Dazu musste ich mich vor sie hinknien, und in einer an die Geschichte von Romeo und Julia gemahnenden Manier unter einer Balustrade schmachtende Blicke nach oben werfen, während Antonella mit einem süssen Lächeln unter ihrem Brautschleier hervorwinkte. Die Kulmination der ganzen Sache bestand jedoch aus einer Treppenszene, in welcher Antonella den Brautschleier haschen musste, den ich ihr neckisch vorenthielt. Die Szene musste bis zum Überdruss durchgespielt werden, da der Fotograf höchste Ansprüche hegte und mit keinem seiner Bilder zufrieden war. Antonellas Schuhwerk, denkbar ungeeignet für ein Rennen über eine steile Granittreppe, aber auch ihre Kleidung machte das Ganze zu einem nicht ungefährlichen Abenteuer, und ich fragte mich, ob die Sache wohl mit einem Bänderriss oder mit einer noch schwerwiegenderen Verletzung enden würde. Die resultierenden Bilder waren in meinen Augen eine lächerliche Show, und in mir löste daher das rituelle Betrachten des offiziellen Fotoalbums unserer Hochzeit, eines schwergewichtigen Bandes in Leder, keine Hochgefühle aus. Ein Bild davon wurde jedoch von Antonellas Eltern im Grossformat in einem schwülstigen silbernen Rahmen an prominenter Stelle im Entree mit sichtlichem Stolz präsentiert.

Es gehört zu den Traditionen unserer südlichen Nachbarn, dass bei einer Hochzeit eine sogenannte «Lista Nozze» aufgestellt wird, eine Liste mit Gegenständen (von der Waschmaschine über den Diwan bis hin zu den massgeschneiderten Vorhängen), die sich das jung vermählte Paar von der Verwandtschaft schenken lässt, um das neu zu beziehende Heim auszustatten. Da sich dies in unserem Fall weitgehend erübrigte, weil wir ja bereits in einer fest eingerichteten Wohnung lebten, stand die Familie Filzi vor einem nicht geringen Problem, wie die nähere und fernere Verwandtschaft denn an der Hochzeit beteiligt werden konnte – eine Waschmaschine und einen Diwan besass ich, eine neue Einrichtung wünschten wir uns beide nach alle den Beiträgen, die Antonella bereits geleistet hatte, nicht. Schliesslich kam man darin überein, einen Teil der Hypothek, die auf meiner Wohnung lastete (und die durch die Eheschliessung zu unserer gemeinsamen Wohnung wurde) zu refinanzieren, indem der Verwandtschaft keine Liste, sondern ein Brief zugestellt wurde, in welchem die Situation erklärt, und Spenden für die Rückzahlung der Hypothek beliebt gemacht wurden. Mir persönlich gefiel das mit den Spenden keineswegs – ich hatte da moralische Bedenken und sah einen Unterschied zwischen einem Geschenk und einer Spende; aber Antonella machte mir weis, dass dies so Gang und Gäbe sei, und dass es wirklich nicht darauf ankomme, ob man sein Geld für eine Waschmaschine oder für eine Hypothek ausgebe. Auf diesem Wege kam ich zu einer sehr günstigen Amortisation, zu der die Signora persönlich noch so viel beisteuerte, dass ich mich auf einmal in der Lage befand, dass die Familie meiner Braut einen wesentlich grösseren Anteil an meiner Wohnung finanziert hatte als ich. Ein etwas ungutes Gefühl beschlich mich bei der Sache schon – aber ich war geblendet und durch Antonella von den Vorteilen dieses Arrangements überzeugt worden, so dass ich meine Gefühle einmal mehr zurückstellte und mit geschlossenen Augen darauf vertraute, dass doch alles seine Richtigkeit hatte damit.

5.

Wir waren erst wieder unter uns, als unsere Reise nach Schottland begann. Wir verbrachten wunderschöne Flitterwochen zusammen, bis auf die Szene in Port Ellen. Antonella bewunderte ich sehr; sie machte bei der ganzen Reise wirklich gut mit und legte auch Hand an, wo es notwendig war – Hochseesegeln im Nordatlantik ist nicht gerade jedermanns Sache, und ihr fehlten diesbezüglich alle Erfahrungen. Anderseits war der Verzicht auf Bequemlichkeiten an Bord einer so komfortablen und gut geführten Yacht von beinahe 60 Fuss Länge nicht allzu gross, wenn man einmal von den Witterungseinflüssen absah.

Das Segeln hatte mich bei diesem Törn vollends gepackt. Zwar war ich früher bereits ein paar Male auf verschiedenen Yachten und natürlich auch auf kleinen Segelbooten auf dem Zürichsee mitgesegelt. Doch nun hatte ich zusammen mit Antonella einen Sport gefunden, der mich ebenso zu begeistern vermochte wie das Bergsteigen. Unmittelbar nach unserer Heimreise wollte ich daher in Zürich eine Abendschule besuchen, in der ich einen Kurs für das Erreichen des Hochseescheins absolvieren konnte. Antonella machte mit! Sie suchte mit mir zusammen die geeignete Schule mit den uns am besten passenden Daten aus, und wir freuten uns gemeinsam darauf, das Patent zu erhalten und dann selbst mit einem eigenen Schiff grosse Törns machen zu können. Wir malten uns die schönsten Reisen zu den Meeren dieser Welt aus – natürlich hatte Antonella in Italien auch Beziehungen zu einer Yacht, und zwar zu nichts Geringerem als einer Amel Santorini, die in einem exklusiven Yachthafen in der Nähe von La Spezia lag und die – wie konnte es anders sein? – zum weiteren Familienkreis gehörte, bei deren Erwähnung ich meine Ohren spitzte, und die mich brennend zu interessieren begann. Ich war glücklich, standen mir doch offensichtlich durch Antonella so nicht nur die Städte, sondern auch die Meere Italiens offen! Ich malte mir aus, dass wir schon im folgenden Sommer zusammen ein paar Wochen auf dem Mittelmeer verbringen konnten, der Küste entlang segeln, die Inseln besuchen, von denen ich erst die Namen kannte, und die mir die grösste Vorfreude bereiteten – Elba, Capraia, Filicudi, Stromboli –, bis nach Griechenland und noch weiter, nur wir zwei auf einer schönen, weissen, grossen Yacht auf dem weiten, blauen Meer. Es wäre mir schwer gefallen, mir etwas Schöneres auszudenken.

Meine Begeisterung über Antonellas Teilnahme an dem Segelkurs erhielt jedoch bereits nach drei Wochen einen ersten Dämpfer, als sie mir kurz vor dem Beginn des vierten Kursabends auf mein Handy anrief und mitteilte, sie fühle sich nicht gut und könne an der Lektion nicht teilnehmen. Nichts ahnend versprach ich ihr, besonders gut aufzupassen und ihr das Versäumte noch rechtzeitig für den folgenden Kursabend beizubringen. Als ich jedoch nach der Lektion voller Elan und Tatendrang nach Hause kam, in der Erwartung, ihr all das Gelernte umgehend erklären zu können und sie voller Neugierde und Interesse anzutreffen, schlief Antonella bereits. Ich weckte sie nicht, sondern genehmigte mir noch einen kleinen Whisky, um mich zu entspannen, und setzte mich dazu auf die Terrasse, noch voll von all den Seefahrergeschichten, die unser Kursleiter so nebenbei erzählt hatte, und träumte von Abenteuern mit Antonella auf hoher See.

Als ich schliesslich – es war nun deutlich später als gewöhnlich – ins Bett stieg, wandte sich Antonella kurz mir zu und sagte mir dann, indem sie sich sogleich wieder von mir wegdrehte: «Schatz – hast du wieder von diesem ekelhaften Whisky getrunken?»

Ich war wie vom Donner gerührt, und die ganze Geschichte mit Port Ellen und dem Lagavulin kam wieder hoch – tatsächlich hatte ich mir ein Glas von eben diesem Whisky genehmigt! Aber weshalb reagierte sie so darauf? Ich konnte an dem Whisky nichts Unangenehmes entdecken – aber auf Antonella schien er eine Wirkung zu haben wie das Weihwasser auf den Teufel. Was mochte das sein? Ich folgte einen Augenblick lang dieser Eingebung und stellte mir Antonella als Teufel vor, den ich nun gerade zufällig mit derjenigen Substanz konfrontiert hatte, gegen die er kein Mittel hatte – oder war sie vielmehr eine Art gehörnter Siegfried, der nur an dieser einzigen Stelle verwundbar war?

Ich konnte an diesem Abend lange nicht einschlafen. Die verrücktesten Gedanken schossen mir im Kopf herum und gewannen schliesslich solche Proportionen, dass sie mich vollends erschreckten und aus der Ruhe brachten. Ich stand wieder auf und ging ins Badezimmer, um ein wenig Wasser zu trinken, und sah mich dabei im Spiegel – meine Augen waren ein wenig gerötet, und ich kam mir fremd vor. Ich erschrak noch mehr, so dass ich schliesslich wieder in das Wohnzimmer ging und mit dem Gedanken spielte, einen weiteren Whisky zu trinken; zugleich versuchte ich mir zurechtzulegen, welche Termine ich am nächsten Tag hatte und ob ich alle dazu notwendigen Akten vorbereitet hatte. Schliesslich nahm ich mir nochmals einen Lagavulin und setzte mich mit dem Glas wieder auf die Terrasse, im Dunklen.

Es war eine laue Sommernacht, die kaum Abkühlung gebracht hatte. Ich kam ins Nachdenken, und ein Gedanke leitete mich zum nächsten, so dass ich mir auf einmal die eine Frage stellte: Hatte ich das Richtige getan? Ich begann die verschiedenen Seiten gegeneinander abzuwägen, was für und was gegen eine Heirat sprach, um dann auf einmal zu lachen – dazu war es doch nun viel zu spät! Dabei erschrak ich jedoch noch mehr; denn erstens ist es nicht meine Art, einfach so für mich zu lachen; und zweitens beherrschte mich der Gedanke, dass es *zu spät* sein konnte, so sehr, dass er mir richtig Angst zu machen begann. Wozu war es denn zu spät? Und was sollten diese Gedanken denn, nachdem ich doch bloss von Antonella gefragt worden war, ob ich einen Whisky getrunken hatte – es war doch lächerlich, sich über eine solche Frage so aufzuregen, wo sie doch ganz klar mit «Ja!» beantwortet werden konnte! – Und doch, etwas in meinem Inneren hatte nachgegeben, war weich, empfindlich, verletzlich geworden, von dem ich nicht einmal gewusst hatte, dass ich es in mir hatte, wie wenn einem Patienten erklärt wird, dass ein inneres Organ, von dem er noch nie gehört hat, bedroht oder sogar krank ist.

Es war für meine Begriffe viel zu spät, als ich endlich ins Bett fiel und mich weiter schlaflos drehte und wendete; Antonella schlief ruhig neben mir, und ich gab mir Mühe, sie durch meine Unruhe und Schlaflosigkeit nicht zu stören. Mit Bedenken malte ich mir aus, in welchem Zustand ich am nächsten Morgen erwachen würde und wie ich mich bei der Wahrnehmung meiner Termine mit Klienten fühlen würde, für die von meiner Konzentration und meiner Geschicktheit sehr viel abhing. Immer wieder hörte ich die nahe Kirchturmuhr die Halbstunden und die Stunden schlagen, bis ich in einen Dämmerschlaf fiel, aus dem mich alsbald der Wecker wieder herausriss.

6.

Der unmittelbar bevorstehende Kauf unserer Ferienwohnung im Engadin übertünchte für eine Weile wieder alle Spannungen. Das Ganze war eine Ablenkung, aber ich empfand sie nicht als solche, sondern dachte, dass ich einem weiteren gemeinsamen Ziel in meinem Zusammenleben mit Antonella ein grosses Stück näher kommen würde. Ich hatte das Engadin schon immer geliebt, hatte manches Wochenende in den Berghütten um das Berninamassiv verbracht und viele Skitouren im Einzugsgebiet des Inns gemacht. Aber dass das Engadin schliesslich zu einem Katalysator wurde, der uns in vollkommen entgegengesetzte Richtungen gehen liess, ahnte ich damals noch nicht.

Voller Spannung fuhren wir an einem schönen Samstagvormittag im Herbst ins leuchtend gelbe Lärchenmeer des Engadins; die Fahrt über den Albulapass brachte mich in eine Stimmung grenzenloser Begeisterung, die ihre Kulmination darin fand, dass man von der zum Verkauf stehenden Wohnung aus direkt auf diesen Pass sehen konnte. Der Mann, mit dem wir einen Termin zur Besichtigung der Immobilie hatten, erwartete uns schon vor dem Haus und brachte uns in eine schöne, ansprechend möblierte und vor allem ruhige Wohnung in einem Haus mit ein paar Ferienwohnungen. Die Frage war alsbald nicht mehr, ob wir die Wohnung kaufen würden, sondern nur noch, wann die Schlüsselübergabe stattfinden würde – es war Liebe auf den ersten Blick.

Dank dem Feingefühl – oder vielleicht auch dem verkäuferischen Geschick – des Maklers durften wir eine Weile alleine in

der Wohnung bleiben. Wir setzten uns in ein einladendes, bordeauxrotes Ledersofa mit Aussicht auf die Wälder, die Berge, das etwas weiter unten liegende Dorf und den tiefblauen Himmel, der auf den Bergspitzen mit dem ersten Schnee gesäumt war. Wieder stimmte alles zwischen uns, wieder stimmten unsere Gefühle vollkommen überein.
«Schatz, ich liebe dich!», war eigentlich alles, was es hier zu sagen gab.

Die notwendigen Abmachungen waren schnell getroffen. Ich konnte einen Teil des Kaufpreises locker machen und wollte mit Antonella über die Aufnahme einer Hypothek sprechen, um die Restfinanzierung sicher zu stellen, als die Signora sich in die Sache einzumischen begann und uns anerbot, den gesamten Rest der Schuld zu übernehmen; es handelte sich, wie bei den Immobilienpreisen im Engadin zu erwarten, um eine beträchtliche Summe. Ich wollte die Sache erst mit Antonella alleine und in Ruhe besprechen, doch hier schlugen ihre Familiebande vollkommen durch, und sie hatte keinerlei Bedenken, sich nach der eigenen Wohnung in Zürich nun auch noch eine Ferienwohnung finanzieren zu lassen.
«Aber Schatz – das Geld ist doch da und es muss in irgend einer Form angelegt werden!»
«Natürlich, das sehe ich auch ein – aber geben wir uns damit nicht eine Blösse?»
«Eine Blösse? Aber wie kann man sich denn vor der eigenen Familie überhaupt eine Blösse geben?»
«Ach so!»
«Und wenn du Angst hast, dass wir hier nicht in Frieden gelassen werden, dann vergisst du, dass Mamma viel zu beschäftigt

sein wird – natürlich wird sie das eine oder das andere Wochenende mit uns verbringen, aber dagegen hast du doch nichts?»
«Nein, natürlich nicht!»

Ich war wieder in einem Gewissenskonflikt. Einerseits wünschte ich mir die Wohnung sehnlichst und freute mich auf Berg- und Skitouren mit Antonella, auf Ausflüge mit dem Bike und den Langlaufskis, Spaziergänge in den Wäldern, Radtouren über alle Pässe, die erholsame Ruhe eines einsamen Samstagabends vor dem Kaminfeuer, und anderseits hatte ich ein ungutes Gefühl dabei, mir alles das von meiner Schwiegermutter finanzieren zu lassen. Meine Bedenken gingen so weit, dass ich mir überlegte, ob ich nicht drauf und dran war, in einen Fall von Geldwäscherei verwickelt zu werden. Waren die ganzen Summen, die nun durch Antonellas Mutter in der Schweiz angelegt worden waren, etwa am Fiskus vorbei geschleust worden? Einerseits war der Kauf der Ferienwohnung eine Gelegenheit, die ich nicht verpassen wollte, und anderseits hatte ich grösste Bedenken, dass der Einfluss der Signora auf unser gemeinsames Leben dadurch noch stärker werden würde, und der Verdacht der Geldwäscherei verursachte bei mir auch berufliche Ängste. Auf einen Punkt gebracht: einerseits war es Antonella – und anderseits war es Antonellas Familie.

Die Entscheidung fiel mir nicht leicht. Doch schliesslich obsiegte die Verlockung, die Liebe, der Wunsch. Antonella und ich fuhren einige Wochen später nach Samedan ins Notariat, wo ihre Mutter bereits auf uns wartete. Der Notar, ein windiger, heuchlerisch freundlicher, sehr gepflegt und elegant auftretender, in seinem Verhalten aber ungeschickter und sich an der Grenze zur Lächerlichkeit bewegender Aal, legte uns die Verträge zur Unterschrift vor, und zu meinem krassen Erstaunen musste ich feststellen, dass sich in den Verträgen ein Fehler eingeschlichen hatte – die Zuteilung der Garagenplätze und des Kellerabteils war falsch vorgenommen worden, eine simple Verwechslung, die jedoch bedingte, dass die ganzen Verträge neu geschrieben und ausgedruckt werden mussten.

Das Ganze war nicht geeignet, mein Misstrauen und meine unguten Gefühle bei der Transaktion zu vertreiben. Während wir darauf warteten, dass die Sekretärin das ganze Konvolut von Verträgen neu ausdruckte und zusammenheftete, verwickelte der Notar, ungeniert eine Pfeife rauchend, die Signora, die ihrerseits eine Zigarette nach der anderen rauchte, in ein Gespräch, und mir fiel auf, dass die beiden auch abgesehen von ihrem Laster etwas gemeinsam hatten: Eine unheimlich selbstsichere und herrische Art, eine Kaltschnäuzigkeit, die unter dem eleganten Äusseren nur ungenügend verborgen blieb, was ganz bestimmt auch Absicht war. Während sie ein Gespräch führten, wobei es der Notar sichtlich genoss, mit seinen Italienischkenntnissen zu brillieren, beobachtete ich die beiden; Antonella sass unbeteiligt neben mir. Mitten im Gespräch – aber daran war ich unterdessen bereits gewohnt – klingelte das Handy der Signora, und nachdem sie sehr unwirsch und laut insistiert hatte, dass es jetzt nicht ging, verliess sie schliesslich dennoch – die Asche ihrer Zigarette auf den Boden schnippend – nach einer kurzen Entschuldigung gegenüber dem Notar den Raum, um das Gespräch dann im Korridor draussen zu führen; durch die nur angelehnte Türe vernahmen wir, wie sie mit lauter Stimme klare Direktiven und Befehle durchgab, um danach wieder an

den Tisch zurückzukommen, wo sie das Gespräch mit dem Notar wieder aufnahm:
«Geschäfte! Geschäfte! Man hat keine Ruhe!»
«Signora!», pflichtete der Notar mit einem süssen Lächeln bei, «Ich weiss, wie das ist!»

Endlich wurden die neu geschriebenen Verträge hereingebracht, und nun war es die Signora, die die Regie übernommen hatte, die Papiere zur Unterzeichnung herumreichte und den Notar zu einer Nebenperson degradierte. Dieser nahm seine neue Rolle an, indem er ihr unentwegt charmierte und hofierte, was ihr wiederum offensichtlich die grösste Freude bereitete.

Ich atmete auf, als wir wieder alleine im Auto sassen und zu unserer Wohnung fuhren. Die Signora folgte uns in ihrem Wagen, und ich erkannte im Rückspiegel, dass sie ununterbrochen telefonierte und oft beide Hände vom Steuer liess, um wild zu gestikulieren und auf dem Handy herumzutippen. Als wir in der Wohnung ankamen, kochte Antonella uns ein Mittagessen, während ihre Mutter anerbot, ihr dabei zu helfen; ich genoss es, eine halbe Stunde alleine zu sein und machte einen kleinen Spaziergang.

Wieder kamen die unangenehmsten Gefühle in mir auf. Ich spazierte durch einen wunderschönen Herbstwald und auf einem dichten Teppich von Lärchennadeln, die Sonne schien warm, es war ruhig – aber in mir brodelte es. Wie hatte ich es nur zulassen können, dass die Familie Antonellas so viel Einfluss auf uns ausübte? Wie hatte ich nur übersehen können, dass ich hier nicht eine Frau, sondern eine ganze Familie, eine Firma, einen

Clan geheiratet hatte? Wie konnte ich mich von alle dem genügend abgrenzen, wo begann meine so geliebte Freiheit – und welche Rolle spielte Antonella bei der ganzen Geschichte? War sie überhaupt meine Frau – oder war und blieb sie die Tochter der Signora?

7.

Durch die ganzen Umtriebe mit dem Wohnungskauf war der gemeinsame Segelkurs arg in Bedrängnis geraten. Ich hatte zwar alle Kursabende besucht und auch meine Prüfung bestanden, aber Antonella war, nachdem sie noch zweimal mitgekommen war, aus dem Kurs ausgestiegen. Ich musste feststellen, dass sie sich viel mehr für die neue Wohnung als für den Hochseekurs erwärmte, und schliesslich gab sie mir gegenüber auch ganz offen zu, dass sie sich nun für die Ferien im Engadin entschieden habe und das Segeln eher zurückstufen wollte.

Ich war masslos enttäuscht. Das Segeln war eine junge Leidenschaft von mir, und ich hatte diese zusammen mit Antonella so richtig entdeckt – auf unserer Hochzeitsreise! Und nun sagte mir eben die Frau, mit der ich all diese schönen Erlebnisse und diese wunderbaren neuen Erfahrungen gemacht hatte, und die im Zentrum all meiner Träume vom Segeln stand, dass sie daran nicht teilhaben wollte, dass sie sich mehr für das Einrichten einer Wohnung interessierte, die bereits vollkommen eingerichtet war, als für das Erlernen der Grundlagen dieses abenteuerlichen, herausfordernden, viel versprechenden Sports. Wenn ich sie darauf ansprach, dass mir dies missfiel, so wich sie aus, indem sie mich vertröstete, es genüge ja, wenn ich das Patent habe, und sie könne ja zu einem späteren Zeitpunkt einen anderen Kurs besuchen oder sich das Wissen von mir aneignen, – eine Antwort, die in mir etwa ebensolche Gefühle hervorrief, wie wenn man jemandem, der sich unsterblich in eine unerreichbare Frau verliebt hat, sagte, er werde zu anderen Zeiten andere Frauen haben.

Der Kauf der Wohnung bedeutete unter anderem, dass Antonella nun auch unter der Woche ins Engadin fuhr, um die Wohnung nach ihrem Geschmack einzurichten, und dies wiederum hatte zur Folge, dass ich zum ersten Mal seit vielen Monaten gelegentlich alleine zu Hause war. Ich hatte dadurch mehr als genug Gelegenheit, ein wenig zu mir selbst zurückzufinden. Ich trank abends einen Whisky und dachte über mein Leben und meine Zukunft nach, und an einem Abend, als ich mich nach langer Zeit wieder einmal mit einem Berufskollegen zum Essen traf, und wir beide Zeit für ein entspanntes und längeres Gespräch hatten, fand ich mich auf einmal in der Rolle desjenigen, der sich kritisch über seine Frau äusserte und dem – unverheirateten – Kollegen die Nachteile und Konsequenzen dieses Schrittes schilderte, als ob ich auf einmal der Klient wäre, der seinerseits einen Anwalt aufsucht, um sich beraten zu lassen. Das Gespräch hinterliess in mir einen schalen Nachgeschmack; ich war, ohne es zu wollen, in eine Rolle gefallen, die sonst immer nur meine Klienten spielten, und von der ich mir immer eingebildet hatte, dass ich sie nie im Leben spielen würde, da meine Erfahrungen und mein Wissen mich davor bewahren würden.

Unsere Wohnung im Engadin wurde indessen immer perfekter und schöner, ja, sie wurde geradewegs zu einer Traumwohnung. Antonella gab sich eine unendliche Mühe, alles bis ins kleinste Detail stilvoll und teuer einzurichten. Was sie in unserer gemeinsamen Wohnung in Zürich nicht hatte tun können, weil diese ja bereits von mir eingerichtet worden war, verwirklichte sie nun in unserer Ferienwohnung. Von der Bettwäsche und dem Geschirr bis hin zu den neuen Möbeln suchte sie Sachen aus und setzte ihre Akzente – dies alles tat sie mit einer Energie und einem Geschmack, die mich beeindruckten. Aber das Resultat war dann doch eher ein Abbild aus einem der Hochglanzmagazine, die sie schon immer studiert hatte, und keine Wohnung, in der man auch hätte wohnen und vor allem leben können. Überall hinterliess ich Spuren und eckte an – ich hatte manchmal den Eindruck, dass ich schon dann störte, wenn ich überhaupt anwesend war.

Aufgefallen ist mir das erst später, denn fürs erste unternahm ich meine geliebten Berg- und Radtouren auf alle Gipfel, über alle Pässe und in die hintersten Täler. Im Verlauf des Winters schloss ich mich mit meinen Skis Wochenende um Wochenende einem Bergführer an, der mir und einer kleinen Gruppe von wechselnden Teilnehmern die umliegenden Berggipfel, genussvolle Abfahrten und überraschende Einblicke in das Tal und seine Berge zeigte und uns viele Episoden aus seinem Erfahrungsschatz erzählte. Wenn es einmal schneite und keine Skitour stattfinden konnte, zog ich mir meine Langlaufskis an und folgte der Loipe aufwärts bis zu den zugefrorenen Seen. Antonella distanzierte sich immer mehr von diesen Ausflügen und wollte in der Wohnung bleiben, angeblich, weil es immer da und dort noch etwas einzurichten gab, ein Detail, das ich dann jeweils nach meiner Rückkehr finden musste, was mir jedoch nicht immer gelang, was dann wieder mit einem ironischen Lächeln bestraft wurde. Ich wurde langsam ein wenig unsicher und hegte einen Verdacht; zwar machte sie mir immer weis, dass sie manchmal unter der Woche eine kleine Wanderung oder einen Ausflug mit den Langlaufskis unternehme, wenn ich an der Arbeit war, und dass sie später wieder mitkommen würde, wenn die Wohnung fertig eingerichtet sein würde, aber mit ihrer Einrichtung liess sie sich etwa so viel Zeit wie Penelope mit ihrem Brautschleier.

Ich gestehe, dass ich sogar so weit ging, sie zu überwachen, allerdings erst später. Angefangen hat das mit einem Gedanken, den ich eines Tages hatte: Als ich einmal von einer unglaublich schönen Tour mit meinem Bike in eines der umliegenden Täler zurückgekommen war, sah ich in der Garage ihr Rad stehen und fragte mich, wann sie es wohl zum letzten Mal benutzt hatte. Ich kam auf eine einfache, aber beweiskräftige Idee, und legte eine gelbe Lärchennadel, die an meinem Rad klebte, auf den hinteren Reifen ihres Bikes – würde sie es benützen, so würde ich die Nadel ganz sicher nicht mehr an der gleichen Stelle vorfinden.

Kaum hatte ich diesen einfachen Trick angewendet, so packte mich das schlechte Gewissen: War das nun nicht im höchsten Masse unloyal und geradezu hintertrieben von mir, dass ich meine Frau so überwachte? Doch anderseits war ich frustriert und wollte ganz einfach wissen, ob sie mich anlog oder nicht. Der Schritt war krass, aber er war notwendig; zwar sagte sie jedes Mal zu, wenn ich sie fragte, ob sie mit mir wieder auf eine Wanderung in die Berge oder auf eine Runde mit dem Rad mitkomme – wenn es dann aber so weit war, dass wir die Tour anfangen wollten, klingelte entweder ihr Telefon, und ich konnte mich darauf gefasst machen, dass der Ausflug bis zum Ende ihres Gespräches ganz einfach nicht mehr möglich sein würde, oder sie fand sonst einen Grund, nicht mitkommen zu müssen, wobei sie ihre Ausreden immerhin so geschickt anbrachte, dass sie nicht auf Anhieb als solche zu durchschauen waren. Ging es um grössere Touren, so brachte sie mich dadurch nicht wenig in Verlegenheit; ich hatte zum Beispiel, kurz nachdem wir die Ferienwohnung neu erworben hatten, den Vorschlag gemacht, eine zweitägige Bergtour auf den bekannten Piz Kesch zu machen, eine Tour, die ich mit einem Bergführer von der hoch über unserer Wohnung liegenden Es-cha-Hütte aus unternehmen wollte und die mir von den Ansprüchen her als Trainingstour für Antonella geeignet schien. Ich buchte also den Bergführer und verabredete mich mit ihm für den Piz Kesch; er wollte selbst erst am frühen Morgen des folgenden Tages kurz vor sechs Uhr bei der Hütte erscheinen, weil er noch einen Termin am Samstagabend wahrnehmen wollte. Mir war das alles recht, denn es gab uns Gelegenheit, den Hüttenweg gemütlich und nach unserem Belieben im Verlauf des Samstags zu beginnen, und einen schönen Hüttenabend so zu verbringen, wie wir das wollten. Doch es kam ganz anders: Während dem Aufstieg zur Hütte wurde Antonella auf einmal von eigenartigen Schmerzen im Unterleib geplagt, die zu hinterfragen ich mir nicht anmassen konnte. Auf der Alp, also nach etwa der Hälfte des Hüttenweges, beharrte sie darauf, dass ich alleine weiterging, während sie nach Hause zurückkehren wollte. Mir fiel das nicht ein – mir war einfach das Risiko zu hoch, dass ihr auf dem Weg hinunter und nach Hause etwas zustossen könnte; anderseits bereute ich die Umkehr bei schönstem Wetter sehr. Doch schliesslich obsiegte die Vernunft, und ich kehrte mit ihr zusammen nach Hause zurück, um die Tour dann am nächsten Morgen (natürlich ohne Antonella) mit dem Bergführer direkt vom Albulapass aus zu unternehmen, was eher über meinen Fähigkeiten lag und mich daher an die Grenzen meiner Leistungsfähigkeit brachte. Unnötig zu sagen, dass ich die Tour daher nicht halb so genoss, wie ich sie mir ausgemalt hatte – und ebenfalls unnötig zu sagen, dass die seltsamen Unterleibsschmerzen wie weggeblasen waren, als wir wieder zu Hause waren und das Telefon klingelte.

Die ewige Telefoniererei begann mich zu nerven. Und die zweite Überwachung, die ich durchführte, betraf die Dauer ihrer Telefongespräche. Aufgrund der detaillierten Rechnungen, die ich für unsere Telefonanschlüsse und ihr Handy erhielt, liessen sich jedoch nur die abgehenden Gespräche erfassen. So wandte ich zum ersten Mal in meinem Leben ein Hilfsmittel an, das ich sonst immer nur meinen Klienten zur Überwachung von zweifelhaften Beziehungen empfohlen hatte, und das regelmässig gute Resultate zu Tage gefördert hatte, auch wenn diese vor Gericht nicht verwendet werden konnten: eine simple Software, die den eingehenden Telefonverkehr aufzeichnet. Und nun wurde ich fündig und musste feststellen, dass Antonella ein Mehrfaches von der Zeit, die sie mit mir im Gespräch verbrachte, mit ihrer Mutter am Telefon verbrachte – eine Tatsache, die mich alarmierte und vor die Frage stellte, ob ich Antonella mit diesen Erkenntnissen konfrontieren sollte, was nun aber wieder bedeutet hätte, dass ich ihr gegenüber hätte zugeben müssen, dass ich sie und ihren Telefonverkehr überwachte. Natürlich konnte ich ihr gegenüber das Geständnis nicht abgeben, dass ich sie überwachte – es hätte mich in eine schwierige Lage gebracht und zum Angreifer gemacht. Aber aufgrund meiner beruflichen Kenntnisse von ehelichen Beziehungen wusste ich, dass es eines der höchsten Alarmzeichen ist, wenn zwei Partner über längere Zeitabschnitte jeweils deutlich weniger zusammen sprechen als mit einer anderen Person.

Vordergründig blieb Antonella dabei, allen Konfrontationen auszuweichen, was mich oft an den Rand der Verzweiflung brachte. Ich fiel dadurch immer mehr in die Rolle des Angreifers, der ich nicht sein wollte, denn ich sagte mir immer, dass nicht ich derjenige war, der sich verändert hatte, sondern sie. Wenn ich sie zur Rede stellen wollte, weshalb sie sich mir immer mehr entzog, so wich sie aus und umarmte mich, indem sie sagte, dies sei doch überhaupt nicht der Fall. Wenn ich sie mit konkreten Beobachtungen konfrontierte – «Wieso gehen wir nie mehr zusammen auf eine Radtour?» –, so antwortete sie unentwegt: «Aber Schatz – das stimmt doch nicht!» Und wenn ich sie fragte, weshalb wir immer seltener zusammen schliefen, so sagte sie: «Aber Schatz – was erwartest du denn? Wir sind doch nicht mehr 25!»

Es ist schwer zu sagen, wann mir die Sache so unheimlich wurde, dass ich den Eindruck bekam, ich sei mit einer Neurotikerin verheiratet. Es war eine Spannung entstanden zwischen meiner inneren Unzufriedenheit, meiner tiefen Besorgnis über den Gang der Dinge auf der einen Seite, und dem äusseren Schein, nach dem zu urteilen alles in bester Ordnung war, und diese Spannung hielt ich immer weniger aus. Und Zugang zu einem guten Freund, mit dem ich die Sache im Vertrauen hätte besprechen können, hatte ich nicht mehr, nachdem Antonella schon am Anfang unserer Beziehung dafür gesorgt hatte, dass ich meine Kontakte abbrach oder zumindest derart zurückstellte, dass es mir peinlich wurde, eine so persönliche Frage mit jemandem zu besprechen, bei dem ich mich seit geraumer Zeit nicht mehr gemeldet hatte. Und die Kontakte, die ich durch Antonella geknüpft hatte (oder die für mich geknüpft worden waren), eigneten sich für mein Vorhaben ohnehin nicht.

Noch kontrollierte ich meine Aggressionen; doch meine Ohnmacht gegenüber dem Gang der Dinge entlud sich in meinem Inneren immer mehr in Gefühlsregungen, die mir Angst machten und die mir als besorgniserregendes Zeichen bekannt sind. Mehr als einmal rief ihre Mutter an, wenn wir gerade zusammen schlafen wollten, und Antonella brachte es nicht fertig, nackt in meinen Armen liegend, ihrer Mutter zu sagen, sie wolle nach einer Viertelstunde zurückrufen. Ich hätte sie umbringen können! Dass sie das Telefon gar nicht erst beantwortete, war ohnehin ausgeschlossen. Das elfte Gebot («Du sollst überall und immer erreichbar sein») war bei ihr um eine wichtige Klausel erweitert: überall, immer *und solange deine Mutter will.* Frustriert, verärgert und gereizt blieb mir dann nichts anderes übrig, als meinen Gefühlen auf irgend eine Art Luft zu machen. Oft (zumindest dann, wenn es die Bedingungen gestatteten) setzte ich mich auf mein Rennrad und fuhr ziellos davon, den Kopf voller bösartiger Gedanken (wen hätte ich denn umbringen können? Antonella oder ihre Mutter?), aber ebenso oft konfrontierte mich Antonella dann nach meiner Rückkehr mit Vorwürfen: «Aber Schatz – was ist denn ich dich gefahren? Wir wollten doch gerade zusammen schlafen?»

Diese Unsicherheit gab mir eines Tages, als ich wieder alleine in Zürich war, während sich Antonella mit einem Engadiner Schreiner in unserer Ferienwohnung treffen wollte, um den Innenausbau eines Schrankes zu planen, den Mut, mich mit einem alten Freund in Verbindung zu setzen, weil ich einfach jemanden brauchte, mit dem ich meine Lage aus der Distanz besprechen konnte. Doch das Gespräch entwickelte sich in eine völlig unerwartete Richtung, als ich feststellen musste, dass nicht ich es war, der sich über seine Ehe beklagte, sondern mein Freund, der in einer noch viel auswegloseren Zwangslage war und der daher den Rat eines Anwaltes suchte: Er hatte einige Jahre vorher geheiratet und war nun Vater von zwei Kindern, doch seine Frau hatte sich kurz nach der Geburt des zweiten Kindes völlig von ihm losgesagt und lebte nur noch für die Kinder. Jeder Versuch, an sie heranzukommen, war zwecklos, weil sie immer die Kinder vorschob – das begann beim Geld, das sie für die Kinder brauchte, und endete bei der Zeit, die sie nur den Kindern zur Verfügung stellte; sie opferte sich derart für ihre Kinder auf, dass für anderes schlicht keine Zeit und keine Energie mehr übrig blieb; längst schon schliefen sie in getrennten Zimmern, und zusammen lebten sie nur noch, um den Kindern eine heile Welt vorzutäuschen, die jedoch an allen Ecken und Enden brüchig war, denn von einer gezielten Erziehung konnte unter diesen Bedingungen schon lange nicht mehr die Rede sein. Und das alles nach einer Liebesgeschichte, in der sich beide sicher gefühlt hatten, in welcher sie Harmonie und wahres Glück empfunden hatten! Als er mir schliesslich sagte, eine Ehe zu schliessen bedeute wohl immer, die Katze im Sack zu kaufen, errötete ich so sehr, und meine Gedanken schossen mir auf einmal so heftig und deutlich durch den Kopf, dass ich von seinen weiteren Ausführungen gar nichts mehr mitbekam. Ich gab mir alle Mühe, meine Erkenntnis zu verbergen, die mich wie ein Schlag getroffen hatte, dass auch ich *die Katze im Sack gekauft* hatte. Meine Gedanken rasten im Kreis herum und kamen von diesen Worten nicht mehr los.

Ich zog es in Anbetracht dieser Lage und entgegen meinen ursprünglichen Plänen vor, von meiner Geschichte nichts preiszugeben. Als ich mich nach dem Essen von meinem Freund trennte und nach Hause fuhr, hing ich lange dem Gedanken nach, dass ich das Richtige getan hatte, indem ich ihm von meiner Misere nichts erzählt hatte. Denn einerseits konnte und wollte ich ihm in seiner Lage das allmähliche Scheitern unserer Ehe nicht eingestehen; und anderseits liess mir die Tatsache, dass ich niemanden in diese Problematik einbezogen hatte, völlig freie Hand, wie ich damit umgehen wollte.

8.

Ich denke, es war in dieser Zeit, vielleicht sogar in dieser Woche, dass ich zum ersten Mal mit dem Gedanken gespielt habe oder besser: mir den Gedanken eingestand, mich von Antonella zu trennen. Ich, der Scheidungsanwalt, befand mich nun in der genau gleichen Lage wie alle meine Klientinnen und Klienten – doch ich wollte es besser tun. Ich hatte nicht im Sinne, mich in ein langwieriges Verfahren einzulassen. Ich wollte meinen Erfahrungs- und Wissensvorsprung ausnützen, der mir mehr als deutlich machte, dass eine Trennung sich zu einem unendlichen Durcheinander entwickeln würde, in welchem es schliesslich nur Verlierer geben konnte. Ich wollte es unbedingt vermeiden, einfach in eine andere Liebesgeschichte hineinzugeraten, und dann den Weg zu beschreiten, der mir bei meinen beruflichen Begegnungen am meisten vorgemacht wurde. Anderseits war es mir klar, dass ich vergeblich darauf hoffen würde, dass sich Antonella in einen anderen Mann verlieben würde. Ich musste also eine Lösung herbeiführen, die mich mit einem Schlag aus meiner Lage wieder vollkommen befreien würde. Mir war klar geworden, dass ich Antonella loswerden wollte, elegant, sauber, perfekt – meine Aggressionen waren unterdessen so stark geworden, dass ich zu allem bereit war.

Ich sah an jenem Abend nach dem Gespräch mit meinem Bekannten unsere Fotos von der Reise nach Schottland wieder einmal durch. Mit den Bildern kamen die Erinnerungen, die nun auf einmal sehr zwiespältig und schmerzhaft wurden. Denn einerseits war es unbestritten eine schöne Zeit gewesen, die wir zusammen verbracht hatten, doch anderseits hatte ich in diesen Ferien zum ersten Mal festgestellt, dass sich Antonella von mir abgewendet hatte, und dass sich hinter der schönen Fassade Dinge verbargen, von denen ich nichts geahnt hatte, und die nur allzu gut an mir vorbeigelenkt und vor mir versteckt worden waren. Es ist unter Seglern eine alte Weisheit, dass nicht alle, die als Freunde eine Ausfahrt beginnen, diese auch als Freunde beenden; und dass umgekehrt ein Törn, der gute Freunde nicht entzweit, durchaus als eine Nagelprobe für zukünftige Spannungen angesehen werden kann. Aber wie war das nun mit Antonella und mit mir? Hatten wir die Probe bestanden, oder hatten wir sie wegen der Szene in Port Ellen gerade nicht bestanden? Aber wir hatten uns doch für den Rest des ganzen Schottland-Abenteuers sehr gut verstanden...

Dabei kam mir in den Sinn, wie wir am Ufer eines einsamen Strandes auf den Hebriden bei einem Spaziergang ein zerrissenes Stück von einem Nylonnetz gefunden hatten, in welchem ein verendeter Delphin lag; er war schon seit längerem tot und bot einen höchst unappetitlichen Anblick. Wir hatten bei unserer Fahrt um die Inseln immer wieder Delphine angetroffen, die spielend um unser Schiff geschwommen und getaucht waren und die uns jeweils mit ihren Sprüngen über alles erheitert hatten. Er hatte sich in einem Netz verfangen und war jämmerlich zugrunde gegangen, weil er zum Atmen nicht mehr hatte auftauchen können. Das Netz erschien mir auf einmal als Fluch unserer modernen Lebensweise, als Verhängnis; denn überall, wo wir hingekommen waren, selbst an den einsamsten Orten auf den entlegensten Inseln hatten wir Stücke von diesen fast unzerstörbaren Nylonnetzen gefunden, und ich erinnerte mich, dass ich in einem Dokumentarfilm über die Aleuten sogar einmal gesehen hatte, dass diese immer gleichen Stücke von Nylon, das eine Halbwertszeit von mehreren Tausend Jahren hat, in der Zwischenzeit überall zu finden sind. Und in einem ebensolchen Netz war ich nun gefangen – zwar gibt es scheinbar Leute, denen es offensichtlich nichts ausmacht, gefangen zu sein; ich aber gehörte nicht zu ihnen, sondern zu denen, die darin jämmerlich verenden, wie dieser Delphin, dem der Weg zur Atemluft abgeschnitten worden war.

Wie konnte ich ein solches Netz denn zerreissen? Wie konnte ich mich befreien? Wenn ich Antonella um Hilfe – oder war es Grade? – bat, so wich sie aus und sagte, es sei doch alles in Ordnung. War dies etwa für sie tatsächlich der Fall? War für sie etwa alles in Ordnung, weil sie mich, den Delphin, gefangen hatte und bloss noch zu warten brauchte... Aber worauf denn? Oder war es am Ende so, dass die Gefangenschaft bereits das war, worauf sie gewartet hatte und wofür sie sich so eingesetzt hatte? Und war das alles eine riesige Finte, eine Show gewesen, die sie für mich inszeniert hatte, um mich zu erwischen? Und wozu denn... doch nun lief es mir kalt den Rücken hinunter: Klar! Sie hatte einfach einen Mann gebraucht, um ihr ein Kind zu machen, um die Familie fortzusetzen! Ich war doch bloss derjenige in dem grossen Netz ihres Clans, dem die Rolle zugefallen war, die Schönheit und die Kontinuität ihrer Familie zu garantieren, ich war dazu ausersehen worden, ein würdiger Nachfolger Cesares zu werden, dieser kleinen Maus von einem zur Nebenrolle degradierten Vater, der immer nur herumkommandiert wurde.

Wie hatte ich nur so naiv sein können! Wir hatten die Kinderfrage nie offen angesprochen; für mich waren Kinder eine natürliche Folge von Beziehungen, und beruflich ein wichtiges Argument vor Gericht; ich hatte nie welche geplant, aber mich auch nicht gegen sie gewehrt. Auf einmal wurde mir hier jedoch bewusst, dass ich mich vor nichts mehr fürchtete als vor einer Schwangerschaft. Denn mit einer Schwangerschaft würde sich das Netz noch viel enger um mich schlingen, es würde würgen, quälen, töten. Mir lief es nochmals kalt über den Rücken – war sie am Ende bereits schwanger? Nahm sie die Pille wirklich, von der wir am Anfang unserer Beziehung ganz klare Verabredungen getroffen hatten? Von sich aus hatte sie nie gesagt, dass sie diese absetzen wollte – oder hinterging sie mich am Ende mit der Pille ebenso wie mit dem Fahrrad?

Die Bilder mit dem Delphin im Netz und von der Katze im Sack liessen mich in der Folge nicht mehr los. Ich begann mich zu fragen, wie es denn möglich war, dass ich mich derart in eine solche Sache hatte verstricken können, ohne zu bemerken, wie sehr ich bereits darin gefangen war – aber genau dies hatte Antonella ja schliesslich mit ihrer Verführungskunst bezweckt, und es war ihr gelungen. Doch nun war es eine Frage um Leben und Tod geworden – entweder siegte der Fischer oder der Fisch!

Schliesslich trug auch die Begegnung mit einer Klientin dazu bei, die mir auf einmal bewusst machte, wie beliebig menschliche Beziehungen anscheinend sind. Die besagte Klientin, eine sehr ansprechende, gewinnende junge Frau, die mir schon bei unserer ersten Begegnung persönlich sehr nahe kam, und für die ich mehr Gefühle hegte, als ich dies normalerweise meinen Klientinnen gegenüber tue, konfrontierte mich bei einem unserer Gespräche in einem Anflug der Verzweiflung über ihren

Ehemann und ihre eheliche Beziehung mit der Frage, warum sie denn ausgerechnet mit diesem Mann liiert war – und nicht mit mir? Warum hatte sie dieses Ekel von einem Mann kennen gelernt, sich in ihn verliebt, sich von ihm gewinnen lassen und ihn schliesslich geheiratet, gegen den ich sie nun verteidigen musste – und nicht mich? Ich errötete bei diesen Worten, meine Ohren wurden heiss, und mir blieb nichts als ein beschämtes Ausweichen in die Akten und Dokumente auf dem Tisch vor mir – ich hätte einem Blick in ihre Augen nicht standgehalten. Ihre Worte hatten mich zutiefst getroffen, denn ich hatte genau den selben Gedanken auch schon gehabt, aber nicht in dieser Form zum Ausdruck gebracht. Die von ihr verwendeten Worte liessen mich nicht mehr los: Warum nur war sie mit diesem Ekel liiert, von dem sie sich nun in einem langwierigen und zähen Prozess zu trennen versuchte, und nicht mit mir? Und umgekehrt musste ich mir die Konsequenz dieses Gedankens auf meine Verhältnisse nun auch eingestehen: Was hatte mich daran gehindert, sie irgendwann kennen zu lernen, statt diese Antonella?

Sicherlich kann es als ein Mass für meine Verzweiflung angesehen werden, dass ich schliesslich sogar vor dem Gedanken an einen Mord nicht mehr zurückschreckte. In meiner Praxis als Scheidungsanwalt hatte ich immer wieder Klientinnen und Klienten, die mir gegenüber zwar nicht gerade direkte Mordabsichten geäussert haben, die mir jedoch im Vertrauen klar und unmissverständlich gesagt haben, dass der Tod ihres Partners die sauberste Lösung ihres Problems wäre. Natürlich war es meine Pflicht und Aufgabe, sie in die Wirklichkeit zurückzurufen und ihnen solcherlei Vorstellungen direkt wieder auszureden, und in den wenigsten Fällen waren es mehr als Worte gewesen, die da von meinen Klienten geäussert worden waren. Doch in verschiedenen Fällen hatte ich ihnen in meinem Innersten Recht geben müssen. Der Tod löst so manches Problem des menschlichen Zusammenlebens, und Tote sind in der Regel berechenbar, zuverlässig und verhalten sich ruhig – ganz im Gegensatz zu lebendigen Individuen, die durch ihre Sprunghaftigkeit, Irrationalität und Vermessenheit auch aus guten Bedingungen oft ein heilloses Durcheinander entstehen lassen können. Wenn ich das konsequent weiterdachte, so kam ich zum Schluss, dass der Tod meiner Frau mein Problem nachhaltig gelöst hätte. Doch Antonella stand mitten im Leben, ja, sie strotzte geradezu von Lebendigkeit – wie konnte ich sie da ihrem Grab etwas näher bringen, ausser durch einen sauberen Mord, gut, elegant und perfekt ausgeführt?

Es ist nicht einfach, sich darüber klar zu werden, wo oder wann ein solcher Gedanke beginnt. Ich hatte gewiss eine sehr ausgeprägte Sehnsucht nach meiner verlorenen Freiheit und machte mir Gedanken darüber, mit welchem Mittel ich diese wieder zurückgewinnen konnte; ja, ich war einfach ein wenig zu stolz, um mir selbst einzugestehen, dass die Krankheit, für deren Heilung ich mein Wissen und meine Erfahrung gehalten hatte, nun auch unsere eheliche Beziehung erfasst hatte. Ich musste zugeben, dass ich mich hatte täuschen und hinters Licht führen lassen. In meinem Fall war es so, dass ich die Möglichkeit, Antonella umzubringen, von jenem Moment an in Erwägung zog, als mir das Bild mit dem toten Delphin wieder in den Sinn gekommen war. Denn schliesslich ging es um nichts anderes als um mein Leben – und wenn nun die Frage war, wer von uns überleben sollte, der gefangene Delphin oder der mit dem unzerstörbaren, tödlichen Netz arbeitende Fischer, so war es mir klar, dass meine Überlebensinstinkte alles in Bewegung setzten, um mich aus dieser Situation zu befreien. Zudem fühlte ich mich im Recht, war ich doch über ihre wahre Natur betrogen worden und empfand mich daher als Opfer einer arglistigen Täuschung. Doch es eilte! Ich begann bereits zu fühlen, wie mich das Netz umschnürte und gefangen hielt – es war höchste Zeit, etwas zu unternehmen, wollte ich mich nicht immer mehr verfangen und dabei jämmerlich zugrunde gehen.

Mir war klar, dass es eine saubere, eine perfekte Lösung sein musste; dass ich mir keinerlei Fehler gestatten durfte; und dass es daher wie ein Unfall aussehen musste. Denn jede andere Methode war von Anfang an auszuschliessen – als Anwalt wusste ich, dass Spuren immer nachgewiesen werden können, mit zunehmend besserer Technologie jetzt auch mit zunehmend besseren Resultaten; DNA-Proben zu erheben war eine Routinesache geworden; die Überwachung der Telekommunikation konnte Verbindungen an den Tag bringen, von denen niemand denkt, dass sie nachgewiesen werden können. Nur bei einem Unfall war die Interpretation des Verlaufes, der zum Tode führte, die Hauptsache, während die Tatsachen unbestritten blieben – und hier sah ich meine Chance, denn noch spielte ich die Komödie mit, die mit mir gespielt worden war; und niemand konnte ahnen, dass ich auch nur im Entferntesten den Wunsch hegen könnte, meine Frau umzubringen. Bei diesem Gedanken gratulierte ich mir, dass ich den Freund, mit dem ich meine Lage hatte besprechen wollen, nicht ins Vertrauen gezogen hatte.

Ich wollte an diesem Wochenende in unsere Wohnung ins Engadin fahren; da Antonella bereits am Mittwoch dahin gefahren war, beschloss ich, die Reise bis Chur mit der Bahn und dann von dort mit meinem Rennrad über den Albulapass zu machen. Es war ein wunderschöner Augusttag. Als ich in Chur auf das Rad wechselte und das Rheintal, dann das Domleschg hoch bis in die Schynschlucht pedalte, fand ich langsam zu meinen Gedanken. Ich hatte schon oft festgestellt, dass mir beim Radfahren oder beim Wandern die besten Gedanken kommen – ich habe meine Ruhe, folge meiner Route, bin angestrengt und benötige meine ganze Energie, um vorwärts zu kommen; dadurch habe ich den richtigen Rhythmus für meine Gedanken. Wie oft hatte ich meine Frustration über unsere Beziehung auf dem Rennrad abreagiert! Jetzt war es mir eine Lust, auf dem Rad an der Lösung meines Problems zu arbeiten.

Als ich in Tiefencastel in die einsame Albularoute abzweigte und damit den Hauptverkehr hinter mir gelassen hatte, war ich mit meinen Gedanken schon weit. Ich hatte mir drei Pläne zurechtgelegt, die ich nun alle evaluieren wollte – und alle drei Pläne kreisten um unsere Wohnung im Engadin. Denn so friedlich und ruhig das Engadin als Feriendestination auch ist – als Kulisse für einen als Unfall getarnten Mord war es bestimmt schwer zu überbieten. Von den Passstrassen über ausgesetzte Wanderwege mit Felswänden bis hin zu den Seen und Eisflächen, von Lawinen über gefrorene Wasserfälle, Bergstürze und Gletscher bis hin zur Jagd und zu ganz banalen alkoholisierten Autofahrern, es schien mir auf einmal, dass das Netz, in welchem ich gefangen war, durchaus auch seine Möglichkeiten bot, jemanden loszuwerden.

Ich pedalte weiter bis Filisur, wo die eigentliche Steigung für den Albulapass beginnt, und bemerkte auf einmal, dass ich nur links und rechts zu schauen brauchte, um Inspiration für neue und noch überzeugendere Gefahrenherde und Ausgangslagen zu finden, mit denen sich eine unliebsame Person ohne Weiteres und vor allem ohne Zeugen aus dem Weg räumen liess. Zeugen! War nicht gerade aus diesem Grund eine einsame Berggegend eine viel sicherere Kulisse als irgendwelche Vorstädte? Wer konnte schon zuschauen, wenn jemand bei einem kinderleichten Spaziergang vom Weg abkam, und dem Fehltritt ein wenig nachgeholfen wurde?

Anderseits erschrak ich auch bei meinem Gedanken. Geplant ist nicht getan!, sagte ich mir jedoch, indem ich die Steigung nach Bergün in Angriff nahm. Im Gegenteil, sagte ich mir – gut geplant ist wahrscheinlich das A und O eines Mordes, es sei denn, dass man zu einem Spontaneinsatz Gelegenheit findet; doch darauf konnte ich mich nicht verlassen. Wie viele der Bergunfälle sind in Tat und Wahrheit keine Unfälle, sondern Morde?, ging es mir durch den Kopf. Und wie oft hätte ich nicht schon Gelegenheit gehabt, dem hier oder da ein wenig nachzuhelfen? Hätte ich nicht auf so mancher Bergtour und Wanderung...

Mir kam die Geschichte in den Sinn, die ich vor kurzem gelesen hatte, die von einem Mord handelte, der im Engadin durch eine Lawine vollbracht wurde – ich schaute auf die Berghänge links und rechts von mir und überlegte, welche Tour sich wohl für so etwas am besten eignen würde. Antonella mit auf eine Skitour zu nehmen, das schien mir möglich und vor allem unauffällig; wenn es mir dann gelänge, den richtigen Hang zu finden und sie da hineinzulocken, um dann mit einem gezielten Fusstritt eine Lawine auszulösen...

Ich hatte Bergün hinter mir gelassen und pedalte nun die Strecke hoch, die im Winter riesigen Volksmassen als Schlittelbahn dient. Und schon kam mir der Gedanke, einen Schlittelunfall zu inszenieren... Wenn es mir zum Beispiel gelänge, bei einer schnellen Fahrt vom Schlitten zu rutschen und Antonella in einem Eiskanal auf dem Schlitten sich selbst zu überlassen... Oder dafür zu sorgen, dass plötzlich ein Hindernis auf Kopfhöhe auftauchte, eine Barriere, am besten in der Nacht...

Als ich die kurze Ebene von Preda und damit eine kleine – die letzte! – Gelegenheit erreicht hatte, ein wenig entspannter zu treten und den Rücken ein wenig zu strecken, hatte ich bereits vier Pläne ausgeheckt; es mussten noch weitere folgen! Wie, wenn ich es irgendwie fertig bringen würde, einen Unfall zu provozieren, bei dem sie in ihrem Auto einen steilen Hang hinab stürzen und so den sicheren Tod finden würde? Es gab auf dieser Route lange Strecken, die nicht durch Leitplanken gesichert waren, so dass sich hier verschiedene Stellen anboten.

Oder einen Bergunfall? So sah ich in die steilen, zunehmend felsiger werdenden Hänge hinauf und dachte mir eine Bergtour aus, bei der ich Antonella ohne Schwierigkeiten loswerden könnte – eine heikle Passage, ein ausgesetzter Grat oder eine steile Runse müssten doch genügen, wenn ich ein wenig nachhelfen könnte ... und es müsste doch eigentlich möglich sein, sie in eine solche Lage zu bringen, ohne dass sie irgend etwas ahnte!

Damit war ich bei einem zentralen Punkt meiner Planung angekommen: Beim Verdacht. Ich musste unbedingt vermeiden, dass Antonella in irgend einer Weise Verdacht schöpfte. Es musste beim ersten Mal klappen, es musste perfekt sein, es musste unerwartet und präzise, unwiderruflich und definitiv sein. Doch genau hier sah ich auch einen Schwachpunkt bei meinem Vorgehen: Würde ich es aushalten, wenn sie mir ihren letzten Blick zuwarf, wenn sie mir in die Augen schaute – schon im Sturz und damit im Klaren darüber, dass ich sie umbringen wollte oder eben in den Tod geschickt hatte? Das war klar zu verneinen – das musste ich auf alle Fälle vermeiden: Ich musste die Sache demzufolge so anpacken, dass sie keinerlei Möglichkeit hatte, mich in ihrem letzten Augenblick als ihren Mörder zu erkennen, zu erkennen, dass ich sie in eine Falle gelockt, dass ich das alles geplant hatte.

Ich hatte die Waldgrenze erreicht und schraubte mich nun über die letzten Höhenmeter auf die Passhöhe zu, als ich mir zurechtlegte, dass die Sache damit wohl als unvorhersehbarer Unfall auszusehen hatte, so dass auch ich in irgend einer Form involviert war. Zwar nicht in einem fatalen Sturz, aber doch am Rande davon betroffen, vielleicht sogar mit einer Verletzung, vielleicht, indem ich Antonella beim Bergsteigen am Seil unter mir hatte und sich dieses löste... Oder im Falle einer Lawine, dass auch ich in die Lawine geriet – doch wie konnte ich es dann vermeiden, dass ich zum Opfer der Lawine wurde, und Antonella überlebte?

Bei diesen Gedanken erreichte ich schliesslich voller Stolz und Befriedigung die Passhöhe – ich hatte es geschafft, fast 90 Kilometer und beinahe 2000 Höhenmeter auf dem Rad, ein wunderbarer Tag, Wärme, ja, teils sogar Hitze beim Aufstieg, dann ein immer angenehmeres Klima beim Eintauchen in die Bergwelt, das langsame Gewinnen der Höhe, ein Tempo, das mir Zeit liess, fast jeden Stein und jede Pflanze, jeden Baum und jede Blume anzusehen, an denen ich doch so oft im Auto vorbeigerast war – einfach grossartig! In einer riesigen Euphorie zog ich mir eine dünne Jacke über – das einzige Kleidungsstück, das ich dabei hatte – und überquerte die Albulaebene, fuhr an dem ausgetrockneten See und den schon verlassenen Alpweiden vorbei, um die Abfahrt zu beginnen.

In rasender Fahrt schoss ich dem Engadin entgegen – die ganze Energie, die ich in den Aufstieg gesteckt hatte, wurde nun bei einer Schussfahrt frei. Ich legte mich in die Kurven und genoss es, den Fahrtwind, der mich jedoch zunehmend auszukühlen begann, an meinem ganzen Körper zu spüren. Und was, wenn nun die Bremsen versagten? Oder wenn ein Reifen platzte? Ich schaute auf den Tachometer und erschrak – das Gerät zeigte 70 km/h an! Aber noch während ich mich abbremste, dachte ich: Wie wäre es denn damit? Wenn es mir gelänge, Antonellas Bike bei einer Abfahrt so zu präparieren, dass es versagte und sie ungebremst einen Sturz hatte? Genügte nicht ein Fusstritt am falschen Ort, ein Knebel in die Speichen des Vorderrades, und ein Sturz war nicht aufzuhalten? Oder ein kleiner Eingriff ins Bremskabel? Ich lachte bei dem Gedanken innerlich, während ich äusserlich langsam sehr kalt hatte; ich fuhr ins Dorf hinein und war froh, dass ich zu unserer Wohnung noch einen kleinen Gegenanstieg zu bewältigen hatte, der mich wieder ein wenig aufwärmte.

Voller Energie und verschwitzt, aber glücklich, und vor allem in meinen Gedanken einen guten Schritt weiter gekommen, traf ich vor unserem Haus ein. Ich stieg vom Rad und ging zur Eingangstüre, als mir einfiel, dass ich meinen Schlüssel, an meinem Autoschlüssel festgemacht, vergessen hatte – in Zürich. So klingelte ich, um Antonella zu rufen, doch niemand kam; ich schaltete mein Handy ein und wählte ihre Nummer – besetzt. Langsam wurde mir kalt; zwar schien die Sonne immer noch stark, aber ein für das Engadin typischer Wind hatte sich erhoben und kühlte mich in meiner dünnen Radlerkleidung zunehmend aus. Ich ging um das Haus herum und sah nach, ob vielleicht noch andere Bewohner im Haus waren, aber alle anderen Wohnungen waren verschlossen und verlassen; einzig in unserer Wohnung waren die Storen hochgezogen, so dass ich hineinblicken konnte – es war niemand da. Schliesslich ging ich zur Garage und versuchte, hier hineinzugelangen, damit ich wenigstens ins Treppenhaus gelangen konnte – keine Chance!

Ich wiederholte meinen Anruf bei Antonella – natürlich war der Anschluss immer noch besetzt. Ich wusste ja aus Erfahrung, wie lange ihre Gespräche dauern konnten – weiss der Teufel, wo sie war! Was sollte ich tun? Die Kälte begann allmählich bedrohlich zu werden; ich hatte fest damit gerechnet, in eine warme Wohnung zu kommen und zu duschen, nun stand ich draussen und fror.

Schliesslich blieb mir nichts anderes übrig, als in ein Gasthaus im Dorf zu gehen und zu warten. Ich setzte mich missmutig wieder auf mein Rad und rollte ins Dorf hinunter, indem ich sorgfältig nach Antonellas Auto Ausschau hielt, damit ich sie nicht etwa verpasste, wenn sie gerade jetzt eintraf. Schliesslich setzte ich mich in eine Gaststube, von der aus ich die Strasse überwachen konnte, und versuchte, die Zeitung zu lesen, während ich ein warmes Getränk zu mir nahm. Allmählich wurde mir wärmer, doch zugleich stieg meine Wut auf Antonella; denn wir hatten uns fest für 16 Uhr verabredet, und ich war ziemlich genau nach Zeitplan angekommen – wo steckte sie bloss?

Es war schliesslich halb sechs, als ich Antonella am Steuer ihres Autos am Gasthaus vorbeifahren sah, immer noch gestikulierend und in ihr Handy sprechend. Ich zahlte und folgte ihr auf dem Rad nach Hause. Unsere Begegnung in der Einstellhalle war nicht gerade der Höhepunkt unserer Beziehung. Zwar war ihr Telefongespräch in der Garage unterbrochen worden, weil sie dort keinen Empfang hatte, doch fand sie kaum Zeit, mich zu begrüssen und zu fragen, wie es mir auf meiner Tour ergangen war; es schien ihr viel wichtiger, sofort in unsere Wohnung zu gehen und das Gespräch mit ihrer Mutter umgehend wieder aufzunehmen. Ich verschwand unter der Dusche und machte mir einen Kaffee; allmählich wurde mir wieder warm. Während ich mich aufs Sofa fallen liess, hörte ich Antonella weiter schwatzen – und meine Gedanken schweiften ab zu den Plänen, die ich mir auf meiner Fahrt zurechtgelegt hatte.

9.

Von allen Möglichkeiten, die ich mir ausgedacht hatte, musste nun die beste ausgesucht und einer sorgfältigen Feinplanung unterzogen werden. Ich verbrachte die folgenden Wochen und Monate damit, eine geeignete Stelle zu suchen, an der ich einen meiner Pläne durchführen konnte. Ich fuhr mit dem Bike in die abgelegensten Seitentäler und unternahm kleinere und grössere Bergtouren und gab mir dabei Mühe, Antonella mitzunehmen, denn ich sagte mir, dass es dann, wenn es so weit war, nicht auffällig sein durfte, wenn ich sie aufforderte, mit mir zu kommen. Ganz abgesehen davon konnte ich mir auch einen spontanen Anschlag vorstellen, wenn sich gerade eine gute Gelegenheit dazu ergeben würde. Dabei befand ich mich für einmal in einer guten Lage: Wenn sie mitkam, so diente mir das als Routine für meinen Plan; kam sie nicht mit, so war es mir auch recht, weil dies mir mehr und bessere Möglichkeiten gab, eine geeignete Stelle zu erkunden.

Allmählich sah ich ein, dass eine Manipulation ihres Bikes, zum Beispiel an ihren Bremsen, mit erheblichen Schwierigkeiten verbunden war. Ein Eingriff, der keine Spuren hinterliess, schien mir unmöglich, und einer, der solche hinterliess, war mir zu riskant. Die Möglichkeit, einen Knebel in ihr Vorderrad zu rammen, wenn sie in einer schwierigen Abfahrt war, stellte mich vor weitere Probleme: Wo konnte ich mich dann befinden, damit ich den Knebel anwenden konnte? Wenn ich auf meinem Bike neben ihr fuhr, so konnte ich ihr sicher keinen Knebel in das Vorderrad stecken; wenn ich vorausging und auf sie wartete, so würde sie wohl bremsen, wenn sie mich sah – und einfach so unvermutet von der Seite her aus einem Busch aufzutauchen, schien mir zu abenteuerlich und unrealistisch.

Eine zeitlang experimentierte ich mit dem Gedanken, am Pedal meines Bikes einen Sporn anzubringen, der lange genug sein musste, dass ich ihr damit in das Vorderrad geraten konnte. Ich sah, dass die Achse meines Pedals nur mit einem Plastikpfropfen verschlossen, ansonsten aber hohl war; ich suchte und fand schliesslich eine Metallstange, ein Stück von einem Armierungseisen, das ich darin verklemmen konnte, und das etwa 30 cm aus meinem Pedal hervorragte. Ich stellte mir vor, dass ich dieses in dem Pedal festmachen konnte, wenn wir uns auf der entscheidenden Strecke unserer Abfahrt befanden; dann musste ich mich einfach auf ihre Höhe bringen, um schliesslich mit einer abrupten Bewegung meines Lenkers mein Rad ganz nahe an das ihre zu bringen – das Eisen würde sich in dem Vorderrad von Antonellas Bike verfangen, dieses blockieren und die Speichen herausreissen – doch was geschah dann mit mir? Ich musste davon ausgehen, dass das Eisen dann aus meinem Pedal ausklinkte, wenn ich nicht selbst einen gefährlichen Sturz riskieren wollte, doch wie wollte ich das bewerkstelligen? Und was, wenn das Eisen dann nicht, oder im falschen Augenblick ausklinkte? Oder wenn es sich bloss ein wenig in ihrem Rad verkeilte, aber Antonella nicht über eine abschüssige Wand stürzte – was dann? Wenn sie nur einen schweren Unfall hatte, aber dabei nicht den Tod fand? Und überhaupt, wie wollte ich das Unglück dann erklären? Und wenn mir schliesslich doch alles gelingen würde, wie würde ich der Polizei dann erklären, was zu dem Unfall geführt hatte? Wie konnte ich denn die Existenz einer solchen Eisenstange auf einem einsamen und abschüssigen

Alpweg erklären? Und selbst wenn ich das Armierungseisen nach dem Unfall wieder fand und sorgfältig entsorgte, was in einer einsamen Gegend ohne Zeugen nicht allzu schwierig sein konnte, wie wollte ich den Unfallhergang dann erklären?

Im Verlauf des Winters unternahm ich wieder in Begleitung meines Bergführers verschiedene Skitouren in der näheren und weiteren Umgebung, und auch hier lud ich Antonella immer ein, mitzukommen – und wieder war ich froh, wenn sie mitkam, und erleichtert, wenn sie nicht mitkam. Ich suchte die Hänge auf diesen Touren ab und fand dabei verschiedene Stellen, die mir für meinen Plan geeignet schienen, Antonella in eine Lawine zu bringen. Doch damit begannen die Probleme erst. Zwar konnte ich mir vorstellen, dass Antonella mir in einen gefährlichen Hang folgte, wenn ich ihr sagte, es sei nicht gefährlich – aber was dann? Wie konnte ich mich aus der Gefahr retten und sie in dem Minenfeld zurücklassen? Und wie wollte ich ihr eine Skitour ohne Bergführer plausibel machen? Und wie wollte ich sicher stellen, dass sie in eine tödliche Lawine geriet, und nicht nur in ein kleines Schneebrett, aus dem sie sich dann doch noch befreien konnte, oder aus dem ich sie am Ende selbst retten musste, wenn ich mich nicht der Beschuldigung aussetzen wollte, ich hätte die Hilfeleistung unterlassen? Wie waren ausserdem die Schneeverhältnisse abzuschätzen – war es nicht genau so schwierig, eine Lawine auszulösen, wie dieser zu entgehen?

Während unserem ersten Winter im Engadin wurde ich an einem Wochenende Zeuge eines Lawinenunglückes, das sich in unmittelbarer Nähe unserer Wohnung ereignete. Ich befand mich mit einer kleinen Gruppe in Begleitung meines Bergführers – Antonella war zu Hause geblieben – auf einer Skitour an einem oft bestiegenen Berg, als wir in der Abfahrt auf einmal anhielten, weil unser Führer auf eine steile Rinne am gegenüberliegenden Gipfel deutete, der ebenfalls ein beliebtes Ziel von Tagestouren war. Tatsächlich erkannten wir von blossem Auge, dass sich zwei Skifahrer in die Rinne gewagt hatten und dieser in schönen Kurven folgten; wir hielten den Atem an, als wir darauf aufmerksam gemacht wurden, dass sie sich in grösste Gefahr begeben hatten: Die Rinne war, wie der Bergführer uns sagte, mit Triebschnee gefüllt, der sich in den vergangenen Tagen und Wochen überhaupt nicht verfestigt hatte. Schliesslich kamen die beiden Skifahrer unten heil an. «Mehr Glück als Verstand!», meinte unser Tourenleiter, und wir wollten eben wieder aufbrechen, als wir zwei weitere Skifahrer sahen, die den Spuren der beiden zu folgen begannen. «Typisch!», meinte unser Bergführer, «jetzt glauben die natürlich, diese Abfahrt sei sicher, weil die beiden ersten Glück gehabt....» Er konnte den Satz nicht zu Ende sprechen, ehe sich eine riesige Lawine unmittelbar unter dem Gipfel löste. Die beiden Skifahrer verschwanden sofort in den Schneemassen, die sich in einer Wolke in das kleine Tal hinunterstürzten, das zwischen uns und der Unglücksstelle lag. Unverzüglich zog unser Bergführer sein Funkgerät aus dem Rucksack und alarmierte die Bergrettung, die nach wenigen Minuten mit einem Helikopter eintraf, um das Lawinenfeld abzusuchen; nach weiteren Gesprächen über Telefon und Funk gab er uns schliesslich die Weisung, uns für eine längere Pause einzurichten. Wir wurden so Zeugen der Bergung der unglücklichen Skifahrer, die das Ereignis beide nicht überlebt hatten.

Für mich war das ganze Geschehen eine wirksame Lehre, denn sie zeigte mir, dass Lawinen einerseits eine tödliche Gefahr sein können, und anderseits eben nicht auf Abruf ausgelöst werden können. Ich verwarf daher allmählich den Lawinenplan wieder, weil er mir zu riskant schien: Entweder löste sich die Lawine aus und erfasste Antonella – aber was war dann mit mir? Oder sie löste sich nicht aus – aber dann konnte ich damit nichts erreichen. Das Ganze war mir einfach zu unsicher.

Die Touren hatten dann doch den Vorteil, dass ich mich bestens vergnügte und die Bergwelt rund um unsere neue Wohnung sehr genau kennen lernen konnte. Fast jedes Wochenende war ich im Schnee unterwegs; wenn es einmal schneite oder die Wetter- und Schneeverhältnisse sonst eine Tour nicht erlaubten, spazierte ich in die vereisten, einsamen Täler, und fand abschüssige, gefrorene Bäche und Wasserfälle, über die man ohne Weiteres jemanden ausrutschen lassen konnte – wenn es mir gelingen würde, Antonella auf eine kleine Winterwanderung mitzunehmen...

Einmal wurden wir Zeugen eines Unfalls auf dem See von St. Moritz; es war vor dem Eintreffen des Schnees gewesen, als der See bereits gefroren war, und Hunderte sich auf Schlittschuhen, mit Hunden, zu Fuss und mit Schlitten auf den See wagten, obwohl dieser noch nicht freigegeben worden war. Wir glitten auf unseren Schlittschuhen über die schwarze, spiegelblanke Eisfläche, als wir auf einmal bemerkten, dass in der einen Ecke des Sees eine Unruhe und ein Geschrei entstanden. Wir näherten uns der Stelle, als uns andere Läufer entgegenkamen und sagten, wir sollten umkehren, es sei jemand in dem

Eis eingebrochen, und eine weitere Person, die zu Hilfe eilen wollte, ebenso. Natürlich waren wir beide sehr besorgt und glitten äusserst sorgfältig zusammen über den See zurück zu der Stelle, wo wir ihn betreten hatten; dabei dachte ich aber fieberhaft darüber nach, dass das genau der Situation entsprach, die ich so gerne provoziert hätte: Ein Unglück, ein Unfall, der sich aber genau planen und dann auch herbeiführen lassen musste, so dass es daraus kein Entrinnen mehr gab, so dass ich als unbeteiligter, noch besser sogar als hilfeleistender Ehemann nichts mehr ausrichten konnte...

Aber wie konnte ich Antonella aufs dünne Eis lenken? Wie konnte ich sicher sein, dass es mich trug, aber unter ihrem Gewicht nachgab? Das war die Frage, mit der ich mich in den folgenden Wochen und Monaten beschäftigte, und die mir keine Ruhe mehr liess.

10.

Unsere eheliche Beziehung entwickelte sich in der Zwischenzeit nicht zum Besseren. Statt uns einander näher zu bringen, trieb das Engadin einen Keil zwischen uns, was ich bei verschiedenen Erlebnissen immer mehr zu spüren und zu erkennen begann. Während wir in Zürich vor allem durch meinen Beruf und mein Umfeld – oder das, was davon geblieben war – geprägt waren, gab das Engadin uns beiden die Gelegenheit und die Freiheit, uns in verschiedene Richtungen zu entwickeln. Und diese Freiheit brachte uns nicht näher aneinander, sondern immer weiter auseinander.

Waren wir uns anfänglich einig gewesen, dass wir in erster Linie in der Bergwelt des Engadins unsere Freizeit verbringen wollten, also beim Bergsteigen und Wandern, beim Skifahren, Biken und Langlaufen, so begannen das Mondäne und der Glamour, die im Engadin seit jeher auch vorhanden gewesen sind, Antonella immer mehr zu fesseln. Ich hatte mich nie für das Leben der Reichen und Schönen interessiert, das auf dem Parkett des gefrorenen St. Moritzersees nicht nur zur Schau gestellt, sondern geradezu zelebriert wird. Mein Beruf hat mir zur Genüge gezeigt, dass hinter noch so glänzenden Fassaden nicht nur marode, sondern oft auch vollkommen zerstörte Verhältnisse herrschen. Und aus meiner Perspektive als Scheidungsanwalt habe ich von der Gesellschaft mehr als genug gesehen, als dass ich mich nun auch noch in meiner Freizeit dafür hätte erwärmen können.

Antonella und ich waren uns am Anfang unserer Liebesbeziehung einig gewesen, dass wir nicht die Gesellschaft, sondern die

Natur geniessen wollten. Schliesslich hatte uns unsere Hochzeitsreise ja in das einsame Schottland und nicht etwa nach Ibiza oder nach St. Tropez geführt. So war mir auch das Segeln, genau wie das Erleben der Bergwelt, immer ein Tor zu einem gemeinschaftlichen und verbindenden Erlebnis gewesen, das weit weg von Gesellschaft und Ansehen stattfand. Ich brauchte – und brauche – diese Abenteuer als Ausgleich zu meinem Beruf, der mich in den Verknotungen des gesellschaftlichen Zusammenlebens festhält; dass Antonella weniger das Bedürfnis danach hatte als ich, war mir von Anfang an klar gewesen. Schliesslich hatte ich kein Heidi geheiratet, ich hatte sie nicht in einer Alphütte kennen und lieben gelernt. Aber ihr Verhalten liess mich anfänglich in der Überzeugung, später in der – allerdings immer mehr schwindenden – Hoffnung, dass das gemeinsame Erleben sie genau so prägen würde wie mich, der ich auch nicht in einem Maiensäss aufgewachsen bin.

Wie weit wir uns bereits von einander entfernt und auseinandergelebt hatten, wurde mir bei einer Überquerung des Silsersees im Februar auf einmal so deutlich, dass ich es nicht mehr in Frage stellen konnte. Wir waren an einem Wochenende zusammen mit ihrer Mutter in unsere Wohnung gefahren und hatten beschlossen, am Nachmittag nach meiner obligaten Skitour noch auf den Silsersee zu gehen, um die Sonne so richtig zu geniessen, die wir in Zürich (und die Mamma in Milano) die ganze Woche nie gesehen hatten. So nahmen denn Antonella und ich unsere Langlaufskis mit, während sich die Mamma mit Pelzmantel und zugehöriger Mütze bereit machte. Wir parkierten unser Auto bei einer kleinen Bucht mit dem schönen Namen Plaun da Lej. Die Abmachung war, dass Antonella und ich mit den Skis nach Maloja und von dort zurück nach Isola (auf der gegenüberliegenden Seite des Sees) laufen wollten, während die Mamma den kurzen und gut gepfadeten Wanderweg über die Seefläche unter ihre Pelzstiefel nehmen würde; wir wollten uns dann in dem kleinen Restaurant in Isola treffen.

Die Schwierigkeiten begannen jedoch sogleich. Denn erstens war Antonella nicht bereit, den direkten Weg von Plaun da Lej nach Maloja zu gehen, weil da keine offizielle Route ausgesteckt war – der See war mit einer Schicht sehr hartem Schnee bedeckt, auf dem wenige Zentimeter weicher Pulverschnee lagen, so dass es eine Freude war, sich von den Loipen zu entfernen und sich frei über den See zu bewegen. So willigte ich denn etwas entmutigt ein, den Umweg über die offizielle Route zu machen, der uns erst zum gegenüberliegenden Ufer brachte, von wo aus dann die ihr genehme Route nach Maloja führte. Doch so weit kam es gar nicht; denn dadurch waren wir gezwungen, den gleichen Kurs einzuschlagen wie die Mamma, und das wiederum bedeutete für Antonella, dass sie ihre Mutter nicht alleine gehen lassen konnte, ohne irgendwelche Gesetze zu brechen. So schritt sie denn mit ihrer Langlaufausrüstung, die sie zum Gehen auf die Schulter genommen hatte und durch die sie nicht wenig behindert wurde, neben ihrer Mutter her, während ich die Erlaubnis, dann die Aufforderung erhielt, mich frei zu fühlen und meines Weges zu gehen.

So lief ich die Strecke über den See und von dort – um nicht untätig auf sie warten zu müssen – noch ein wenig in Richtung Sils, um dann etwa zeitgleich mit den beiden an dem Punkt wieder einzutreffen, wo sich unsere Wege scheiden sollten. Doch kaum waren die beiden da angekommen, erklärte Antonella mir, dass sie mich nun nicht nach Maloja begleiten würde, sondern dass sie mit ihrer Mutter direkt in das Restaurant gehen wollte.

Ich war zornig und sagte mir (aber nicht ihr), dass ich damit also ebenso gut den direkten und abenteuerlichen Weg von unserem Ausgangspunkt nach Maloja hätte einschlagen können, und dass es wieder einmal darauf hinausgelaufen war, dass sich Antonella ihrer Mutter anschloss und von mir abwandte. So lief ich erst missmutig, dann aber durch die regelmässige Bewegung in einer unglaublich schönen Landschaft in immer besserer Stimmung nach Maloja, wo ich schliesslich so im Schuss war, dass ich über das Ende des Sees hinaus noch bis zum Dorf lief, wo die Loipe aufhörte. Hier wendete ich und ging wieder zurück nach Isola, wo ich das Restaurant alsbald fand, aber zu meinem Erstaunen weder Antonella noch ihre Mutter.

In der Meinung, die beiden würden später noch eintreffen, und dass sie sich wohl noch ein wenig an der Sonne aufhalten wollten, stellte ich meine Skis und Stöcke ab und kehrte in die warme Kneipe ein. Noch geblendet von dem grellen Sonnenlicht brauchte ich eine Weile, um mich im Inneren der freundlichen Stube zurechtzufinden; ich setzte mich an einen Tisch und bestellte mir ein Getränk, als sich die Türe öffnete und ein junger Mann an zwei Krücken eintrat. Er lehnte die eine seiner Krücken gegen den Tisch, an dem ich sass, um die Türe hinter sich zu schliessen, als sein Telefon klingelte. Er zog es aus seiner Jackentasche und beantwortete den Anruf, als die Krücke, die er gegen meinen Tisch gelehnt hatte, mit einem lauten Knall umfiel.

Um ihm zu helfen, hob ich sie auf und stellte sie wieder gegen den Tisch; er dankte mir mit einer Handbewegung und setzte sich zu mir, unentwegt in sein Telefon sprechend, indem er souverän bald vom Italienischen ins Romanische wechselte, bald umgekehrt. Während mir ein heisser Punsch serviert wurde, blickte er mich immer wieder an, bis er sein Gespräch schliesslich beendet hatte:
«Danke! Ich werde mich nie und nimmer an diese Stöcke gewöhnen!», sagte er mir.
«Ach bitte, keine Ursache! Hatten Sie denn einen Unfall?»
«Ja, aber Glück im Unglück! Ich könnte tot sein!»
«Was ist denn passiert?»
«Nun – Fabrizia! Bring mir auch so einen Punsch! Ich setze mich ein wenig an diesen Tisch», rief er nun in einer Mischung aus Italienisch und Romanisch durch die Gaststube.
«Ich bin letzte Woche in eine Nassschneelawine geraten, gerade hier, keinen Kilometer von unserem Haus entfernt!»

Voller Interesse hörte ich seiner Erzählung zu, wie er bei einer Erkundung, ob der Sommerweg von Isola nach Sils zu machen sei, an einem steilen Hang, der der prallen Februarsonne ausgesetzt war, in einen ganz kleinen, aber tonnenschweren Schneerutsch geraten war. Ohne sich im geringsten dagegen wehren zu können, war er sofort mit beiden Beinen bis zur Hüfte von den Schneemassen eingeschlossen worden, so dass er sich überhaupt nicht mehr bewegen konnte. Langsam, unendlich langsam drückte ihn die Schneemasse gegen einen Baum, der erst standhielt, dann aber nachgab; seine Beine wurden auseinandergedrückt, und er vernahm ein Krachen in seinem Oberschenkel, verspürte einen brennenden Schmerz, der ihn zusammensinken liess. Er schrie, brüllte, rief nach Hilfe, denn er wusste, dass nicht weit von ihm Menschen waren, die dann auch tatsächlich zu ihm gelangten und die Bergrettung alarmierten.

«Weisst du,» fuhr er fort, indem er mich nun duzte, «ich hatte keine Chance, mich zu bewegen, ich lag nicht und stand nicht, sondern war einfach in meiner ungemütlichen und schmerzhaften Position fest und unbeweglich – was für ein Glück, dass ich nicht ganz zugedeckt wurde, dass dies so nahe an einem Spazierweg geschah, dass ich trotz dem Beinbruch noch bei Bewusstsein war, dass ich um Hilfe rufen konnte, dass mich überhaupt jemand hörte...»
Ich hatte seinen Erklärungen gebannt zugehört und dabei ganz vergessen, dass ich ja eigentlich mit Antonella und ihrer Mutter verabredet war; plötzlich sah ich auf meine Uhr und stellte fest, dass sie schon längst hätten hier sein müssen. Waren sie am Ende auf einem Spaziergang ebenso in eine Lawine geraten wie der Mann, mit dem ich nun eine gute halbe Stunde im Gespräch verbracht hatte?

Unruhig stand ich auf und wollte mich draussen umsehen, indem ich bezahlte und mich von dem interessanten Gesprächspartner verabschiedete. Draussen war es kalt, die Sonne wollte jeden Augenblick untergehen. Ich nahm meine Skis und Stöcke und fragte mich, in welche Richtung ich wohl gehen sollte, um die beiden zu suchen, als mir in den Sinn kam, dass ich mein Telefon auch dabei hatte. Ich schaltete es ein und stellte fest, dass sie in der Zwischenzeit nicht weniger als fünfmal versucht hatten, mich zu erreichen. Kaum war die Verbindung mit Antonella aufgebaut, wurde ich mit Vorwürfen überhäuft:

«Aber warum hast du denn dein Handy nicht eingeschaltet? Wir haben unzählige Male versucht, dich zu erreichen! Wo bist du denn nun?»
«Ich bin genau da, wo wir abgemacht haben!»
«Was, du bist in dieser dreckigen Spelunke! Das ist doch eine Zumutung!»
«Mir hat es gefallen! Wo seid ihr denn?»

Es stellte sich heraus, dass die beiden nur einen kurzen Blick in das Restaurant geworfen hatten, dann aber sogleich beschlossen hatten, dass es nicht ihren Ansprüchen entsprach. So waren sie auf der Stelle umgekehrt und erwarteten mich nun ungeduldig beim Auto auf der anderen Seite des Sees.

Ich ging nun wieder zurück und hatte ein wenig Zeit, über dieses Erlebnis nachzudenken. Es hatte mir zwei Einsichten gebracht – erstens, dass ich meinen Plan mit der Lawine für immer und ewig begraben musste, wenn es sogar einem ortsansässigen und berggewohnten Einheimischen geschehen konnte, dass er unerwartet in Lebensgefahr geriet; und zweitens, dass sich meine Vorstellungen mit denen Antonellas nur noch schwer in Einklang bringen liessen. Entgegen unserer Abmachung hatte sie keinen Meter auf der Loipe hinter sich gebracht, sondern war ihrer Mutter zu Fuss gefolgt und hatte dabei die ganze Langlaufausrüstung die ganze Zeit auf ihren Schultern mitgetragen. Dass die beiden die nette kleine Beiz in Isola als unpassend angesehen hatten, konnte ich ihnen lebhaft nachempfinden, musste sich doch der Pelzmantel der Signora in der kleinen Stube geradezu grotesk ausnehmen. Und wie hätten die beiden wohl auf den Auftritt des jungen Manns mit den Krücken reagiert?

Ich näherte mich nun bereits meinem Ziel am anderen Seeufer, als ich feststellte, dass ich nun einen vergnüglichen Nachmittag auf dem Silsersee verbracht hatte, an den ich mich während einer ganzen Woche an der Arbeit gerne zurückerinnern würde – aber alleine! Und wäre es nach mir gegangen, so hätte ich erstens eine interessantere Route eingeschlagen und zweitens das Gespräch in dem Restaurant nicht schon nach so kurzer Zeit abgebrochen. Was lag näher als der Gedanke daran, mich von meiner Begleitung zu befreien, die ich offensichtlich gar nicht mehr wünschte, und die ja eigentlich gar keine Begleitung mehr war?

11.

Schliesslich glaubte ich – das war bereits im folgenden Sommer –, auf einer sommerlichen Bergtour im Albulagebiet die idealen Voraussetzungen für meinen Plan entdeckt zu haben. Ich fand eine einsame, sehr selten begangene Bergspitze, die verhältnismässig einfach begann und oben, kurz vor dem Gipfel, über einen ausgesetzten Grat führte. Das Gestein war erst schiefrig, und die Tour führte über Gras und Schrofen zu einer Reihe von langen Geröllhalden hinauf, die schliesslich ins feste Gestein des Gipfels mündeten. Wenn man sich nun dem Grat entlang zum Gipfel vorwärts tastete, so stellte man auf einmal fest, dass man sich auf einem überhängenden Stück befand; ein Schritt durch eine Lücke zwischen zwei exponierten Felsen liess einen plötzlich in eine schier unendliche Tiefe hinabblicken. Wenn es mir gelingen sollte, Antonella auf diesen Gipfel mitzunehmen, so war es eine Kleinigkeit, sie an der einen oder an der anderen Stelle auf diesem Grat entweder in die Tiefe zu stürzen oder sie einfach fallen zu lassen, sollte sie sich an mir festhalten wollen.

Ich verbrachte eine lange Zeit auf diesem Grat und ging ihn nochmals ab, um die geeignete Stelle genau festzulegen. Dabei wurde mir auf einmal klar, dass es nicht nur eine einzige Stelle gab, sondern Dutzende, die in Frage kamen – umso besser!, dachte ich, denn dadurch konnte ich den günstigsten Augenblick berechnend abwarten, wenn sie sich einen Augenblick lang umsah oder wenn sie mir ein paar Schritte vorausging, so dass ich sie überraschen konnte. Es war ziemlich egal, wo ich das tat, solange ich mir den Beginn und das Ende des gefährlichen Stückes gut genug einprägte. Ich stieg nochmals auf und ab und überlegte, ob sich die Sache wohl besser beim Aufstieg oder beim Abstieg realisieren liess, doch war ich unschlüssig. Es kam wohl nicht so darauf an; gefährlich war es in beiden Richtungen. Der Aufstieg hatte einfach den klaren Vorteil, dass man sich der Gefahr nicht so ganz bewusst war. Beim Abstieg dagegen hatte man tiefere und bessere Einblicke in den Abgrund, der sich auftat. Ich kletterte an der Gefahrenstelle vorbei hinunter und blickte über einen Felsen, an dem man beim Aufstieg vorbeigeht, in den Abgrund, und stellte fest, dass ich hier die ideale Stelle gefunden hatte. Das ganze Stück war überhängend, nach einem freien Fall von mindestens 10 bis 15 Metern schlug ein Mensch, der hier das Gleichgewicht verlor, unrettbar auf eine steile Felswand auf, was ihn ganz sicher weit von der Wand wegschleudern würde – ein Körper würde erst mindestens 150 Meter weiter unten nochmals aufschlagen, und zum Stillstand würde er noch weiter unten kommen.

Meine Rekognoszierung befriedigte mich; ich überlegte, ob ich eine Fallprobe mit einem Stein machen sollte, doch schien mir das überflüssig. Beim Abstieg stellte ich fest, dass ich mit den technischen Fragen des Mordes die gesellschaftlichen und die psychologischen vollkommen vergessen hatte. Das war für mich ein gutes Zeichen: Es bedeutete, dass meine Widerstände, einen Menschen umzubringen, sich überlisten liessen; wenn ich mich nur ganz genau auf die Abfolge der Handlungen konzentrierte und nicht links und nicht rechts schaute, dann musste es gelingen – und wenn es einmal getan war, gab es kein Zurück mehr.

Ich erzählte Antonella von meinem Ausflug in die Berge und versuchte, sie für die Tour zu gewinnen; ich schilderte ihr die

Besteigung des ausgewählten Gipfels als einfache und nicht allzu anstrengende, aber sehr lohnende Route, die mit einer tollen Aussicht lockte und zudem als Besonderheit einen Ausblick auf unser eigenes Haus gewährte. Nach anfänglicher Skepsis – «Aber Schatz! Traust du mir das denn zu?» (man beachte, dass die Formulierung in der Zwischenzeit so lautete, hatte sie doch vor unserer Hochzeit jeweils noch gerade umgekehrt gelautet) – willigte sie schliesslich widerstrebend ein, die Tour am folgenden Samstag mit mir zu unternehmen.

Ich verbrachte eine ruhige und arbeitsame Woche – ruhig war ich innerlich, weil ich die Lösung meines Problems zu sehen begann; und arbeitsam, weil ich eben in jener Woche besonders viel zu tun hatte und persönlich in meiner Aufgabe vollkommen aufging. Irgendwie ging mir die Arbeit viel besser von der Hand als auch schon; ich konnte mich bestens konzentrieren und merkte auf einmal, wie sehr ich in den letzten Monaten abgelenkt geworden war, durch meine innere Unruhe, durch die ganzen Probleme mit Antonella, durch den Druck, gefangen zu sein – ich blickte einer freien Zukunft entgegen und freute mich darauf, dass wieder alles so werden würde wie früher, bevor ich in diese besitzergreifende und dominante Familie geheiratet hatte. Ich freute mich auf die Kontakte mit Freunden und Kollegen, auf all das, was ich lange Zeit entbehrt hatte.

Der Freitagabend kam, und Antonella und ich reisten über den Albulapass ins Engadin, wobei ich ihr unser Ziel in der Abenddämmerung bereits zeigen konnte. Am Samstag standen wir früh auf und fuhren bei wunderbarem Wetter mit dem Auto zur Passhöhe, wo die Tour begann. Ich war erleichtert, dass alles klappte, wie ich es geplant und in Gedanken hundert mal durchgespielt hatte: Der Aufstieg, erst mit Wegspuren, dann die Grashänge, die Geröllhalden, eine Rast auf einer Anhöhe; wir waren ganz alleine und sahen unser Auto weit unter uns neben dem Hospiz parkiert. Dann der Einstieg zum Gipfel, steil und geröllig; Antonella folgte mir, ich gab mir Mühe, dass das lose Gestein nicht auf sie zurollte, und fragte mich dabei, ob sich die Sache nicht einfach mit einem geschickten Fusstritt erledigen liess, indem ich einen schweren Stein ins Rollen brachte, der sie traf – doch verwarf ich den Gedanken gleich wieder, denn mein ursprünglicher Plan schien mir doch viel sicherer.

Wir kamen auf dem Grat an, der sich aus den Geröllmassen erhebt, und machten eine kurze Pause. Ich sagte:
«Es sind noch 20 Minuten zum Gipfel...»
«Aber das ist sehr steil – hast du denn das Seil nicht mitgenommen?»
«Das Seil? Nein! Ich bin da auch alleine durchgegangen, das schaffen wir auch ohne Seil!»
«Du vielleicht schon – aber mir macht das Angst!»
«Aber Schatz ...»
«Nein, sicher ... ich will da ohne Seil nicht weiter gehen! Wenn ich da abstürze oder nur das Gleichgewicht verliere und umfalle – ich habe keine Chance, und du könntest nichts tun, um mir zu helfen!»
«Natürlich – aber so weit kommt es doch nicht! Ich bin da letzte Woche ohne Schwierigkeiten durchgegangen, da gibt es keine Probleme!»
«Nein, Schatz, für mich steht es fest: Ich gehe da nicht weiter!

Geh du nur weiter bis zum Gipfel – ich warte hier, und dann können wir zusammen absteigen.»
«Aber ich kann dich doch nicht alleine da lassen.»
«Warum nicht? Hier fühle ich mich vollkommen sicher!»

Es war unglaublich, aber genau so war es: Antonella war nicht zu bewegen, die letzten hundert Meter mitzukommen, als ob sie von meinen Plänen etwas geahnt hätte. Indem ich weiterstieg, dem Gipfel entgegen und vor allem über die Strecke, die ich für meinen Mord vorgesehen hatte, blieb mir nichts anderes übrig, als klein beizugeben. Antonella war zurückgeblieben, ich konnte meinen Plan nicht vollenden. Frustriert und in einem Zwiespalt von Gefühlen kam ich nach wenigen Minuten auf dem Gipfel an; es war einer jener Momente, in denen ich mich über das Erreichen meines Zieles nicht freuen konnte. Missmutig hockte ich auf dem wunderschönen Gipfel und merkte, dass mir Antonella allmählich so ziemlich alles vermieste, was mir in meinem Leben etwas bedeutete. Nach einer kurzen Ruhepause von einigen Minuten stieg ich über den ausgesetzten Grat wieder abwärts, und als ich Antonella erreichte, war ich nicht erstaunt, dass sie am Telefon hing und offensichtlich mit ihrer Mutter plauderte. Ich setzte mich einen Augenblick neben sie, aber sie beachtete mich nicht, sondern setzte unentwegt ihr Gespräch fort; nach dem zu schliessen, was ich von dem Gespräch verstand, beriet sie ihre Mutter beim Einkauf eines Gastgeschenkes für ein Fest. Ich stand nach einer Weile auf und bedeutete Antonella, dass ich nun wieder absteigen wollte. Antonella erhob sich und begann zu meinem Erstaunen den Abstieg, ohne das Telefongespräch zu beenden.

Mir konnte es egal sein; ich stieg vorsichtig über die Geröllhalde ab, indem ich voranging, Antonella folgte wenige Schritte hinter mir und plauderte unentwegt weiter. Das ging etwa während 50 Metern so, als ich plötzlich einen Schrei hinter mir hörte – erschrocken drehte ich mich um und sah, dass Antonella gestürzt war und dabei ihr Handy losgelassen hatte. Sie hatte sich nicht weh getan, sondern war wirklich nur etwas unsanft auf den Hintern gesessen, aber das Handy schlitterte an mir vorbei auf ein langes Schneefeld, in welchem es sich wie ein kleiner Schlitten eine Spur bahnte; gebannt schauten wir dem kleinen, glänzenden Ding nach, das allmählich aus der Spur zu hüpfen begann, schliesslich am Ende des Schneefeldes auf einen Stein traf und dadurch hoch in die Luft katapultiert wurde. Unsanft schlug es auf der Geröllhalde auf, hüpfte noch da- und dorthin und entzog sich unseren Blicken schliesslich vollends.

Antonella kam auf mich zu und sagte:
«Schatz! Was wollen wir nun tun?»
«Es ist doch nur dein Handy! Wir schauen mal, ob wir es finden!»
«Aber es ist doch sicher kaputt! Und meine Mutter macht sich bestimmt die grössten Sorgen, dass das Gespräch so plötzlich unterbrochen wurde; gewiss hat sie mich schreien gehört – sie denkt sicher, es sei uns etwas passiert, am Ende glaubt sie gar, ich sei abgestürzt!»
«Dann rufen wir sie von zu Hause aus an, sobald wir da sind, um sie zu beruhigen!»
«Hast du denn deines nicht dabei?»
«Nein – ich bin davon ausgegangen, dass du das deinige dabeihast!»

Langsam und sorgfältig stiegen wir über das Schneefeld ab, verfolgten die Spur des Gerätes, und fanden auch den Stein, auf dem es aufgeschlagen war; wir rechneten uns ungefähr aus, wo es sich befinden musste, und kämmten das Gebiet sorgfältig ab, indem wir jeden Stein absuchten und in jede Ritze zwischen den Felsen schauten, aber wir fanden es nicht mehr.
«Es muss doch irgendwo sein!»
«Klar muss es – aber wo? Und es ist doch bestimmt kaputt!»

Nach einer guten Viertelstunde gaben wir die Suche auf; das Geröllfeld war an jener Stelle nur schwer begehbar und mit sehr grossen Steinen und dementsprechend grossen Zwischenräumen durchsetzt, so dass das Telefon ohne weiteres unter irgendeinem Felsen liegen konnte, wo man es nur mit unverhältnismässigem Aufwand hätte finden können. Wir horchten und suchten die ganze Gegend mit unseren Augen und Ohren ab – nichts. Schliesslich liess sich auch Antonella davon überzeugen, dass das Gerät verloren war, und wir machten uns gemeinsam auf den Abstieg.

Die Geschichte war damit aber noch nicht zu Ende; denn als wir mit dem Auto wieder ins Dorf zurückfuhren, standen unmittelbar vor der letzten Brücke, die nur für Fahrzeuge von 9 Tonnen zugelassen ist, zwei Filzi-Holztransporter; die beiden Fahrer, die neben ihren Fahrzeugen standen, gestikulierten wild und wiesen mich an, Halt zu machen. Ich hielt mitten auf der wenig befahrenen Strasse an und schaute durch das offene Fenster, um den einen Fahrer zu fragen, was denn los sei, als der andere sich bereits mit seinem Handy der anderen Wagenseite näherte, ununterbrochen ins Telefon sprechend. Er klopfte an

Antonellas Scheibe und hielt ihr das Gerät hin:
«È per Lei, Signora!»

Antonella nahm das Gespräch an; für mich war es keine Überraschung: Es war die Mamma, die nun in etwas mehr als zwei Stunden bereits einen Weg gefunden hatte, ihre Tochter ans Telefon zurück zu holen; Antonella stieg aus und beruhigte ihre Mutter, indem sie erklärte, was mit ihrem Telefon geschehen war und dass wir wohlauf waren. Ich parkierte unser Auto unmittelbar bei den beiden Lastwagen, stieg aber nicht aus.

Antonella kam nach wenigen Minuten zurück, das Telefon immer noch am Ohr, und sagte mir:
«Wir können weiterfahren, Schatz!»
«Aber das Telefon...?»
«Ich nehme dieses – es gehört ohnehin der Firma!»
Sie setzte sich ins Auto und bat mich, weiterzufahren, die beiden Lastwagenfahrer zurücklassend, ohne ihnen weitere Beachtung zu schenken. Sie führte ihr Gespräch ununterbrochen weiter, bis wir bei unserer Garage ankamen, wo ich ihr nun aber zu verstehen gab, dass sie entweder aussteigen musste, wenn sie am Telefon bleiben wollte, oder aber das Gespräch beenden sollte.

Antonella verabschiedete sich unter endlosen Formeln und Wiederholungen von ihrer Mutter; dann stellte ich das Auto in die Garage.
«Kannst du mir erklären, was da passiert ist?»
«Ja klar – Mamma hat sich unendliche Sorgen gemacht, was mit uns geschehen war, als das Gespräch so plötzlich unterbrochen

war, und hat zuerst auf deinem Handy, dann auf unserem Festanschluss versucht, uns zu erreichen; aber sie wusste ja, dass wir auf einer Bergtour waren! So hat sie schliesslich die beiden Lastwagenfahrer, von denen sie wusste, dass sie im Engadin unterwegs waren, angerufen und ihnen gesagt, sie sollten auf den Albulapass fahren. Doch die Strasse ist für Lastwagen nicht zugelassen, deshalb haben sie unten am Pass die Fahrt unterbrochen und sie angerufen – und kurz darauf sind wir da eingetroffen!»

«Woher wusste sie denn die Nummer?»

«Alle unsere Chauffeure sind immer per Handy erreichbar, damit die Fahrten genau kontrolliert werden können! Ist dir nicht aufgefallen, dass an jeder Kabinentür vier Ziffern stehen? Das sind die Endnummern der Handys, die die Fahrer immer auf sich tragen müssen! So ist meine Mutter sicher, dass die Leute ihre Arbeit auch tatsächlich so gut wie möglich erledigen, und wenn etwas passiert, sind sie sogleich erreichbar!»

«Aber das geht doch auf Kosten der individuellen Freiheit ihrer Mitarbeiter!»

«Ja klar! Aber wie könnte man denn sonst eine solche Firma führen?»

«Und woher wussten die Fahrer denn, dass wir in dem Auto waren, als wir ihnen entgegenkamen?»

«Mamma hat ihnen natürlich gesagt, welches Auto und welches Nummernschild wir haben...»

Ich gab es auf. Ich hatte nicht nur einen Familienclan geheiratet, sondern eine international operierende Firma, deren Geschäft offenbar nicht nur der Transport, sondern auch die totale Überwachung war.

12.

Ich hatte in den folgenden Tagen genügend Zeit, über meinen missglückten Versuch nachzudenken. Ich kam dabei zum Schluss, dass ich die Sache zwar gut angesetzt und perfekt vorbereitet hatte, aber dabei eben die Eventualität nicht berücksichtigt hatte, dass Antonella nicht mitspielte und dadurch meine Pläne durchkreuzte. Ich konnte zwar ausschliessen, dass sie etwas geahnt hatte; aber ich hatte nicht vorausgesehen, dass sie so kurz vor dem entscheidenden Moment ausscheren könnte. Wenn ich es richtig machen wollte, so musste ich diese Möglichkeit in meinen Plan einbeziehen und meinen Anschlag entweder so vorbereiten, dass Antonella es nicht vermeiden konnte, an der entscheidenden Stelle vorbei zu gehen, wie Gessler durch die hohle Gasse, oder aber einen Unfall so geschehen lassen, dass die Stelle keine Rolle spielte. Aber wo konnte ich so etwas denn einfädeln? Wo liess sich ein so todsicherer Mord an einer beliebigen Stelle auf einem Wanderweg oder auf einem Spaziergang ausführen – dazu noch ohne Zeugen?

Was meine Gefühle anging, so blieb ich erstaunlich gefasst. Zwar war mein Plan misslungen, aber das war für mich keine Niederlage, sondern eine wertvolle Erfahrung, die mich darin bestärkte, dass ich auf dem richtigen Weg war, mich zu befreien. Meine Widerstände, Antonella umzubringen, liessen sich überlisten, wenn ich mich auf das Gelingen meines Planes konzentrierte und den eigentlichen Akt in eine Serie von Handlungen einbettete, die in einer festen Abfolge als unausweichliche Konsequenz den Mord vollbrachten – die sorgfältige Planung, die Vorbereitung, die Wahl des richtigen Moments... Ich stellte fest, dass ich das Spiel weiter spielen konnte, und dass ich mir mit der Planung meines Befreiungsschlags Zeit lassen konnte.

Antonella und ich verbrachten die nächsten Wochen bis zu unseren Ferien in einer Art Waffenstillstand; von meiner Seite unternahm ich keine weiteren Angriffe mehr, und ihr Handy – beziehungsweise dasjenige des Lastwagenfahrers, das in ihrem Besitz geblieben war – blieb aus Gründen, die sich meiner Kenntnis entziehen, auffallend stumm. Dafür wurde ich jedoch mit der Tatsache konfrontiert, dass die Mamma während unseren Sommerferien persönlich vorbeikommen wollte, und zwar gleich für eine ganze Woche.

Das gab mir während unseren Ferien den Ansporn, weitere und grössere Touren zu unternehmen. So radelte ich unter anderem auch den Seen entlang nach Maloja, und fand zu meiner grössten Freude in Plaun da Lej, der kleinen Ebene am Silsersee zwischen Sils und Maloja, eine Segelschule mit einer Auswahl an Segelschiffen. Erfreut stieg ich vom Rad und erkundigte mich nach der verantwortlichen Stelle; man nannte mir eine Telefonnummer, die ich unverzüglich anrief, und sogleich meldete sich ein überaus hilfsbereiter junger Herr, der nicht zögerte, sofort nach Plaun da Lej zu kommen und mir die Schiffe persönlich zu zeigen. Ich radelte während der kurzen Wartezeit gegen den Malojawind noch bis Maloja und dann wieder zurück, um ihn gerade mit seinem Auto anfahren zu sehen.

Zusammen stiegen wir in ein kleines Boot, mit dem wir zu der einen Yacht ruderten, die an einer Boje vertäut war. Ich erklärte dem Mann, dass ich den Hochseeschein hatte und gerne die

Yacht für einen halben Tag mieten würde, wenn er mir die paar Handgriffe, die nun mal bei jedem Schiff ein wenig anders sind, erläuterte, was dieser mit Freude unternahm. Bald stellte sich heraus, dass ich ein ganz tolles Schiff gefunden hatte, das ich auch ohne die Hilfe eines Skippers segeln konnte, wenn Antonella für mich das Ruder übernahm. Mit ein paar Warnungen vor den heimtückischen Verwirbelungen des bekannten Malojawindes und sorgfältigen Hinweisen darauf, wie die Yacht zu bedienen war, erläuterte er mir kurz die Regeln, die speziell für den Silsersee gelten: Die Wassertemperatur macht das Segeln zu einem gefährlichen Sport; Schwimmwesten sind eher ungeeignet, da ein Sturz über Bord und ins Wasser unbedingt vermieden werden muss; statt dessen sind Sicherheitsgurten (eine Art Klettergurt) und damit fest verbundene Leinen zu benutzen, die an dem freien Ende jeweils einen Karabiner haben, der an einem festen Punkt an Bord eingepiekt werden muss; es sind ferner keine Motorboote zugelassen, mit der Ausnahme des kleinen Kursschiffs, das Spaziergänger dem anderen Seeufer entlang von Sils nach Maloja und zurück bringt, und einem Rettungsboot, das zum Restaurant gehört, das jedoch nicht sehr flexibel ist und vor allem auch nicht schnell vor Ort sein konnte; dies bedeutete wiederum, dass auch diese Yacht keinen Motor hatte, und man daher mit der angemessenen Vorsicht zu segeln hatte, da sie sich im Notfall nicht mit Hilfe eines Motors an eine Stelle, wo jemand über Bord gegangen war, zurückfahren oder auch am Ende des Törns in die Bucht zurückbringen liess.

Ich hatte mich für den folgenden Nachmittag verabredet und fuhr mit Antonella und der Mamma den Seen entlang; die Mamma wollte selbstverständlich nicht mit auf die Yacht kommen, sondern den Nachmittag mit einem kurzen Spaziergang verbringen. Wir verabredeten, dass wir sie nach 17 Uhr in Sils abholen wollten, und dass wir sie kurz vorher auf dem Handy anrufen würden, um sicher zu sein, dass sie den Weg bis dahin auch gefunden hatte.

Antonella und ich verbrachten einen jedenfalls für mich äusserst vergnüglichen und schönen Nachmittag auf dem Silsersee. Der Malojawind erhob sich allmählich und regelmässig, und bald stellten wir fest, dass wir die Yacht – ein offenes Kielboot, stabil und schnittig, schnell und elegant – gut im Griff hatten. Wir kreuzten gegen den immer schwächer werdenden Wind gegen Maloja auf, wo wir kaum noch eine leichte Brise vorfanden; es wurde wärmer, wir zogen unsere Jacken aus, gingen über Stag und dann mit Rückenwind wieder in Richtung nach Sils, um unterwegs festzustellen, dass der Wind immer stärker wurde, was die Yacht zu einer lebhaften und immer wieder leicht ins Gleiten kommenden Rennmaschine werden liess, woran ich eine unbändige Freude hatte. Auf der Höhe der Halbinsel Chastè legten wir das Ruder an und begannen wieder gegen den Wind aufzukreuzen – und waren überrascht, wie stark und wie kalt der Wind unterdessen geworden war; das Boot legte sich so tief auf die Seite, dass die leeseitigen Relingstützen mit ihren Füssen immer wieder von einzelnen Wellen erfasst wurden; ich stellte zu meiner Überraschung fest, dass wir ein Reff hätten anbringen müssen, um die Segelfläche zu verkleinern und dem Schiff ein besseres Gleichgewicht zu geben. Ich liess die Schoten des Vorsegels gehen und rollte dieses ein Stück weit auf; nun hatte die Yacht weniger Schräglage und schnitt kräftig in die Wellen und gegen den Wind an – eine Freude, so ein Schiff zu segeln! Wir waren ganz ausser Atem und fanden erst jetzt Zeit, unsere Jacken wieder anzuziehen – der See ist relativ eng und macht viele Wenden notwendig, indem man gegen den Wind aufkreuzt –, als wir feststellten, dass der Wind gegen Maloja hin wieder schwächer wurde. Nun zog ich daraus den Schluss, dass dies eine der Eigenheiten des Malojawindes ist: Während er ganz oben bei Maloja offensichtlich erst beginnt, wird er gegen die unteren Seen hin zunehmend stärker.

Wir genossen einen ausserordentlich schönen Törn auf dem Silsersee. Die Stunden, für die wir das Boot gemietet hatten, vergingen im Fluge, und ich hatte einmal mehr das Gefühl, dass das Segeln wirklich mein Sport war – *a clean sport, and it certainly doesn't hurt anybody,* wie unser Skipper in Schottland jeweils gesagt hatte. Wir brachten die Yacht durch die böige und von Turbulenzen durchzogene Zone bei Plaun da Lej und machten sie an der Boje fest, an der schon das kleine Beiboot wartete, mit dem wir ans Ufer ruderten. Ich drehte mich nach der Yacht um, weil ich nochmals kontrollieren wollte, dass wir alles richtig verstaut hatten, als Antonella mich darauf aufmerksam machte, dass ihre Mamma uns bereits entgegen lief.

«Was ist denn? Hast du die Wanderung nach Sils denn nicht gemacht?»
«Geschäfte! Geschäfte! Nicht mal in den Ferien hat man seine Ruhe!»
Wir setzten uns in das Gartenrestaurant, und die Mamma erzählte uns, dass sie kaum von Plaun da Lej weggelaufen war, als sie unten auf der Strasse zwei ihrer Lastwagen vorbeifahren sah. Sofort rief sie den einen der beiden Fahrer auf seinem Handy an

und gebot ihm, unverzüglich anzuhalten. Auf dem grossen Parkplatz vor der Segelschule hielten die beiden Transporter an, und die Signora kontrollierte persönlich die Ladung. Dabei stellte sie fest, dass auf beiden Lastwagen noch mindestens jeweils zwei weitere Baumstämme Platz gehabt hätten – sie befahl den beiden Fahrern, unmittelbar an ihre Aufladestelle in Bever zurückzukehren und nachzuladen; jetzt wartete sie darauf, dass die beiden Lastwagen jeden Augenblick wieder hier vorbeikamen, und sie insistierte, dass wir mit ihr warteten, bis sie eintrafen.

Die Lastwagen trafen nach einer guten Viertelstunde ein; die Signora erhob sich von ihrem Platz und signalisierte den Fahrern durch nicht zu übersehende Gestikulationen, auf den Parkplatz zu fahren, wo sie sich die beiden sichtlich eingeschüchterten Angestellten nochmals vorknöpfte. Ich hielt mich mit Antonella im Hintergrund, die Sache war mir nur noch peinlich, doch vernahm ich deutlich, wie sie ihnen vorrechnete, was so ein Transport kostete, und dass sie sie von dem Gewinn bezahlen müsse, den sie mit ihren Fahrten machte, und dass sie es sich gut überlegen sollten, ob sie sie noch weiterhin hintergehen (sie brauchte dieses Wort) und sich hinter gesetzlichen Vorschriften verschanzen wollten. Schliesslich fuhren die beiden Lastwagen los, und auch wir konnten endlich abfahren. Im Fonds des Autos schimpfte sie weiter über die Unzuverlässigkeit der Angestellten und die Willkür gesetzlicher Vorschriften, und dass man immer und überall selbst eingreifen müsse, wenn man es irgendwohin bringen wolle auf dieser Welt.

Ich hörte nur noch mit halbem Ohr zu und träumte vom Segeln; Antonella pflichtete der Mamma immerzu bei. Merkte sie denn nicht einmal in solch extremen Fällen, wie manipulativ ihre Mamma war? Oder kannte sie ganz einfach nichts anderes, so dass es ihr das Normalste der ganzen Welt schien, wenn man mit seinen Angestellten so umging?

Der nächste Tag brachte mich in meinem Bestreben, mich aus dieser Situation endlich zu befreien, ein gutes Stück weiter. Antonella und ich wollten wieder Segeln gehen, doch als wir in Plaun da Lej angekommen waren, standen da noch zwei weitere Interessenten, die den Nachmittag auch auf der Yacht verbringen wollten. Sofort setzte sich Antonella ab, um mit ihrer Mutter einen Spaziergang zu machen, während ich mit den beiden anderen auf die Yacht ruderte. Es wurde ein prächtiger und spannender Nachmittag auf dem Silsersee; die beiden jungen Männer, die sich für den Törn angemeldet hatten, hatten noch nicht viel Erfahrung und genossen es, mit mir unterwegs zu sein – und ich genoss es, mit meinem Wissensvorsprung und meiner Erfahrung zu brillieren. So erzählte ich von unserer Reise in Schottland, während wir aufkreuzten, da wir dabei jeweils eng zusammen auf der Luvseite sassen, und beim abwärts Segeln packte uns alsbald der Mut und wir stellten die Segel in die sogenannte Schmetterlingsstellung, das heisst mit dem Grosssegel auf der einen und dem Vorsegel auf der anderen Seite des Bootes, eine Stellung, die ein sehr präzises Steuern erfordert, da sie nur dann stabil ist, wenn der Wind ganz genau von hinten kommt.

Dabei kam es, wie es kommen musste, und wie es mir auf der Segelschule auch immer eingeprägt worden war: Als wir an dem kleinen Wäldchen mit dem vorgelagerten Inselchen bei Plaun da Lej vorbeisegelten, das den Malojawind in Turbulenzen versetzt, kam das Schiff – von einem der beiden Neulinge gesteuert – ein wenig vom richtigen Kurs ab, und schon krachte der Grossbaum mit einer unheimlichen Geschwindigkeit quer über das ganze Deck und schlug mit voller Wucht in die Wanten auf der anderen Seite. Wir hatten Glück, denn der Baum ist auf dieser Yacht tief gelegt und hätte ohne Weiteres einen von uns über Bord fegen oder sogar tödlich treffen können, wenn wir nicht instinktiv die Köpfe eingezogen und uns blitzartig geduckt hätten.

Ich übernahm sofort das Ruder, um ein allfälliges Zurückschnellen des Baumes zu verhindern, und legte die Yacht an den Wind; ich gab den beiden kurze Instruktionen, die Segel zu reffen und die Schoten dicht zu nehmen, und wir kreuzten wieder gegen Maloja auf.

Kaum hatten wir uns von dem Schock erholt, da wurde mir auf einmal bewusst, dass ich genau das gefunden hatte, was ich schon so lange gesucht hatte: Ein Unglück, das sich nach Plan und in einem ganz bestimmten Moment herbeiführen lässt! Wenn es mir nur gelingen würde, mit Antonella auf dem See zu segeln und sie mit exakt diesem Manöver, das in der Seglersprache als «Patenthalse» bezeichnet wird, über Bord zu fegen, dann war ich sie los! Ich musste einfach sicher sein, dass sie in der Folge nicht mehr auftauchte oder mindestens lange genug im Wasser blieb; die Temperatur des Wassers würde das ihrige dazu beitragen, dass sie es nicht überleben würde. Sauber, schnell, perfekt! Und die Frage von allfälligen Zeugen beantwortete sich von selbst: Niemand konnte auch nur ahnen, dass das Ganze ein

Anschlag und nicht ein Unfall war – auch wenn noch so viele Spaziergänger zusahen. Ganz im Gegenteil: Je mehr Zuschauer, desto besser, denn ihre Aussagen würden sich widersprechen, und keiner könnte mir eine Absicht unterstellen.

Nachdem wir das Schiff an der Boje festgemacht hatten und ich mit Gattin und Schwiegermutter wieder vereint schon auf der Fahrt nach Hause war, begann ich zu überlegen, wie ich es denn bewerkstelligen konnte, dass Antonella nicht mehr auftauchte; denn dies war das einzige Problem, das ich noch zu lösen hatte, wenn ich nur selbst dafür sorgte, dass die Sicherheitsleine ihres Anseilgurts nicht richtig eingepiekt war, was mir eine Kleinigkeit schien. Es lag auf der Hand, dass ich dazu zwei Vorgehensweisen in Betracht zog: Ich konnte sie entweder erfrieren oder ertrinken lassen; mit andern Worten, ich musste dafür sorgen, dass sie entweder nicht mehr auftauchte oder dass sie nicht innert nützlicher Zeit geborgen werden konnte. Die Tatsache, dass auf dem Silsersee keine Motorboote zugelassen sind, kam mir da zu Hilfe: Sollte sie über Bord gehen, so konnte sie praktisch nur von mir geborgen werden – und wenn ich alleine auf der Yacht war, so würde das schon einige Minuten dauern: Ich musste das Vorsegel bergen, vielleicht sogar das Grosssegel reffen, und dann wieder gegen den Wind aufkreuzen – dabei konnte ich mich ungeschickt anstellen und so wertvolle Zeit verstreichen lassen... Wie lange konnte sie denn in dem kalten Wasser überleben? Konnte sie allenfalls ans Ufer schwimmen, falls sie von dem Schlag nicht ohnmächtig wurde? Und falls überhaupt andere Schiffe oder Surfer auf dem See waren, so würden diese mindestens ebenso lange brauchen, um an die kritische Stelle zu gelangen...

Ich begann, diesen Fragen nachzugehen, und stellte bei meinen Nachforschungen fest, dass die Überlebenszeit im Wasser von einer Reihe von Faktoren abhängig ist, wenn man einmal davon ausging, dass das Opfer unverletzt war; denn ich konnte nicht fest damit rechnen, dass der Baum sie direkt am Kopf traf, und dass sie so mit grosser Wahrscheinlichkeit bewusstlos war, wenn sie über Bord ging. Diese Faktoren bestimmten sich aus ihrer körperlichen Verfassung, ihrer Kleidung und der Wassertemperatur. Die körperliche Verfassung stufte ich als gut ein, aber ihre Kleidung konnte ich beeinflussen, und an einem warmen Nachmittag trug sie beim Segeln mit Rückenwind sicher nicht viel, genau so, wie wir es zusammen erlebt hatten – damit war sie der Kälte des Wassers direkt und ohne Schutz ausgesetzt. Und die Wassertemperatur steigt im Silsersee kaum je über 8 Grad; damit betrug die wahrscheinliche Überlebenszeit vielleicht 30 Minuten – doch das war viel zu lange, und damit hatte sie immerhin die Chance, ans rettende Ufer zu schwimmen. Also blieb mir nur die Möglichkeit, dafür zu sorgen, dass sie unterging...

Ich überlegte lange hin und her, wie ich es bewerkstelligen konnte, um absolut sicher zu sein, dass sie unterging, bis ich feststellte, dass ich dann, wenn nach einiger Zeit ein Polizeitaucher die Leiche im See finden würde, als Mörder überführt wäre, wenn festgestellt werden konnte, dass ich dafür gesorgt hatte, dass sie nicht schwimmen konnte, sei das durch Gift oder durch einen gezielten Schlag auf den Kopf oder durch ein Gewicht, das ich in ihre Rettungsleine einpiekte und durch das ich sie daran hinderte, ans Ufer zu schwimmen. Ich konnte zudem damit rechnen, dass der Baum sie über Bord mähte, aber nicht, dass er sie am Kopf traf und sie daher bewusstlos schlug, auch wenn das natürlich die eleganteste Methode gewesen wäre. Wenn ich aber einen Weg fand, sicherzustellen, dass sie zuerst unterging und dann erst nach einiger Zeit wieder – als Leiche – an die Oberfläche kam, dann durfte von meinen Manipulationen nichts mehr nachweisbar sein. Doch wie konnte ich das erreichen?

Ich verbrachte eine gute Zeit, indem ich mich anstrengte, die Lösung für mein Problem zu finden. Ich denke, ich kann als kreativ bezeichnet werden – wenn ich ein Problem, ein noch so kleines, alltägliches, technisch herausforderndes Problem vor mir habe, so kann ich ohne Weiteres einige Wochen oder sogar Monate daran arbeiten, indem ich es immer mit mir herumtrage, bis ich dann, wenn ich durch einen Zufall oder durch eine Beobachtung eine Inspiration finde, zwei und zwei zusammenzählen kann, um mein Problem zu lösen.

Fürs erste befasste ich mich mit dem Verhalten menschlicher Leichen im Wasser. Ich forschte in der Fachliteratur und fand in der Bibliothek in unserer Kanzlei mehrere gerichtsmedizinische Werke, die sich mit dem Problem befassten. Es stellte sich heraus, dass ein Körper beim Ertrinken absinkt, falls er keinen Auftriebskörper auf sich trägt, weil sich seine Lungen mit Wasser füllen, und erst später als Leiche wieder auftaucht, wenn sich Gase in dem Körper zu bilden beginnen. Oft ist es so, dass die Kleidung sehr nachhaltige Auftriebskörper bildet, die einen Toten gar nicht absinken lassen, sondern nur wenig unter der Wasseroberfläche driften lassen – genau das, was ich vermeiden wollte, wenn ich sicher sein wollte, dass man Antonella nicht noch retten konnte, indem zum Beispiel Segler mit einem anderen Boot oder irgendwelche Surfer den Unfall beobachteten und zur Hilfeleistung kamen. – Ein grobes Gewicht, zum Beispiel Steine, die ich in Antonellas Kleidung versteckte, würde sie bemerken – doch wie wäre es mit einem fein verteilten Gewicht, etwa Sand, den ich in ihre Jacke einnähte? Doch dann hätte ich wieder das Problem, dass der Sand nach der Bergung der Leiche gefunden werden konnte, und wieder war ich überführt. Und ausserdem würde damit ihre Leiche nicht mehr auftauchen, was mir eine Bedingung schien, dass das Ganze wie ein Unfall aussah. Zudem konnte sich Antonella eventuell ihrer Jacke entledigen, wenn sie über Bord gefallen war und vom Baum nicht ohnmächtig geschlagen wurde. – Dann wieder kam mir die Idee, ein Gewicht an ihr festzumachen, das sich dann nach einer bestimmten Zeit, von einem Timer gesteuert, wieder lösen würde – doch wie konnte ich das technisch konstruieren? War ich damit nicht wieder bei der Idee mit der Stange, die die Speichen aus ihrem Rad riss?

13.

Die Sache wurde für mich nicht einfacher, als Antonella – es war kurz nach unseren Herbstferien – auf einmal eine Umtriebigkeit und eine nervöse Art entwickelte, die mich stutzig machte. Nach einem schönen Wochenende wurde ihr auf der Fahrt vom Engadin nach Hause schlecht; als ich während der Woche eine intensive Zunahme des Telefonverkehrs mit ihrer Mutter feststellte, war es für mich keine Überraschung mehr, dass sie am Donnerstag dieser Woche schliesslich mit der Neuigkeit herausrückte: Sie war schwanger.

Ich verfluchte mich innerlich, während ich äusserlich Zurückhaltung und Besonnenheit übte. Es brodelte in mir: Die Segelsaison war zu Ende, und damit konnte ich meinen Plan nicht mehr durchführen; und auch im besten Fall würde es mir sicher nicht gelingen, Antonella im Juni – und damit im 8. Monat ihrer Schwangerschaft – auf den Silsersee zu einem Törn einzuladen.

Statt der Vorbereitungen für den Mord begannen nun intensive Vorbereitungen auf die bevorstehende Geburt. Das begann mit gynäkologischen Abklärungen, die jedoch über die Tatsache hinaus, dass ihre Monatsblutung einmal ausgefallen war, keinen Befund erbrachten, was Antonella hingegen nicht im Geringsten daran hinderte, nicht nur das Geschlecht und das Datum der Geburt des erwarteten Kindes, sondern auch seinen Intelligenzquotienten, seine kurz darauf folgende Wahl zum Professor und weitere Details seiner Karriere zu planen. Die ganze Umtriebigkeit setzte sich über panikartige Einkäufe und gezielte Veränderungen in unserer Wohnung und in der Ferienwohnung fort und endete in langatmigen telefonischen Diskussionen über die Wahl des Namens und die Gestaltung der Geburtsanzeige. Für mich war es eine Überraschung, dass Antonellas Mutter nicht unmittelbar eine weitere Immobilie für die zukünftige Familie des geplanten Kindes erwarb.

Ich nahm das alles äusserlich gelassen hin, doch befremdete es mich sehr. Erstens ist mir aus meiner Erfahrung mit vielen Wunsch- und Kittkindern aus festen, nicht mehr ganz so festen und schliesslich zerbröckelnden Beziehungen klar, dass nicht jede Schwangerschaft zu einer Geburt führt; ausserdem schien es mir ein Vorgriff und eine unmögliche Bevormundung, dem Kind schon im ersten Monat seiner embryonalen Entwicklung nicht nur einen genau festgelegten Lebensweg, sondern auch schon pfannenfertige Lösungen für alle möglichen Einzelheiten und Eventualitäten seines zukünftigen Lebens zuzuweisen. Befremdlich war mir schliesslich auch die Art, von dem Kind – es sollte den Namen Giulio erhalten, obwohl ich Bedenken hatte, weil es mir schien, dass der Name irgendwie nicht ganz zu meinem Familiennamen passte – zu sprechen, als ob es schon da wäre und allen Gesprächen und Diskussionen geduldig zuhören würde. Von Erziehung und der Vermittlung von Werten war indes nicht die Rede – es kam mir vor, als ob das alles unnötig, die Bereitstellung aller materiellen Erfordernisse dagegen unabdingbare Voraussetzung für die gesunde Entwicklung einer Schwangerschaft und das sich daraus ergebende Leben waren. Es wurden Fachgeschäfte und sogar eine Fachmesse in Bologna («Baby now!») besucht, Fachleute zu Gesprächen aufgeboten und eingeladen, Kataloge studiert, Fachzeitschriften abonniert.

Der Zeitpunkt der bevorstehenden Geburt wurde nun sogar auf die Stunde genau vorausberechnet, dann wurden sofort die dazugehörigen Horoskope konsultiert, und ich hatte den Eindruck, man wäre sogar dazu bereit gewesen, den genauen Zeitpunkt der Entbindung durch medizinische Eingriffe zu manipulieren, wenn man sich dadurch Zugang zu einer marginal besseren astrologischen Prognose hätte verschaffen können. Es wurden Kinderwagen angeschafft, Kinderbetten, Kindermöbel, Kinderkleider, Kinderbücher, Geräte zur Überwachung beim Schlafen, Waagen, Unterlagen, Kissen, Polster, Windeln, pharmakologische Erzeugnisse, Nahrungsmittel, Spielzeug, Schnuller – es schien kein Ende mehr zu haben, und ich begann mich zu fragen, wer das alles, was sich da in einem bis ins kleinste Detail eingerichteten Kinderzimmer (Sujet: Lastwagen), im Badezimmer, in der Küche und natürlich auch in allen anderen Räumen unserer Wohnungen aufzutürmen begann, schliesslich auch wieder wegbringen würde...

Ich wurde mit heftigen Vorwürfen konfrontiert, weshalb ich mich an der ganzen Sache nicht in dem Masse beteiligen wollte, wie das von mir erwartet wurde; aber dazu hatte ich weder von der Sache noch von unserer Beziehung her Lust, denn nun liess mich Antonella überhaupt nicht mehr an sich heran. Mit der Begründung, es sei abartig, mit ihr zu schlafen, wenn sie schwanger sei, und zudem eine Gefahr für das Kind, wies sie mich nun auch im Bett zurück; sie beharrte auf dem bizarren Standpunkt, dass niemand in Italien so etwas tun würde. Meine Frage, wie es denn zu der Schwangerschaft gekommen war, löste unseren ersten und einzigen offenen Konflikt aus, bei dem sie schliesslich in Tränen aufgelöst ihre Mamma anrief. Ich nahm mir – es war das erste Mal, dass ich dies im Beisein Antonellas tat – einen Lagavulin und zog mich zurück, wohl wissend, dass ich den Kampf verloren hatte.

Natürlich wurde aus der Schwangerschaft nichts, und für mich war es keine Überraschung, als Antonella nach einem weiteren Monat wiederum ihre Periode hatte. Unter Heulen wurde das, was für mich eine riesige Erleichterung war, als grösstmögliche Katastrophe der Familie in Italien gemeldet, es flossen reichlich Tränen, in einem Anflug von Lebensüberdruss und Verzweiflung wurde nun unter Haarraufen, Schreikrämpfen und Wut das Leben, die Erde und der gesamte Kosmos in Frage gestellt, die Grausamkeit von Mutter Natur, die Ungerechtigkeit des Schicksals und die Willkür der Götter verflucht. Nachbarinnen und Fremde, die mit Kinderwagen promenierten, wurden mit Eifersucht, Argwohn und Missgunst verfolgt, und ich begann zu fürchten, dass Antonella schliesslich auch den Raub eines Kindes nicht ausschliessen würde, um sich über ihre persönliche Enttäuschung hinwegzuhelfen, die sie jedoch meiner Meinung nach einzig und alleine sich selbst zuzuschreiben hatte. – Immerhin kam es durch die ausgebliebene Schwängerung wieder zu einer Annäherung im Ehebett, die mich jedoch vor ein nicht geringes Dilemma stellte, denn die Lust war mir in Anbetracht der Konsequenzen gründlich vergangen.

In der Zwischenzeit gab ich meine Planung nicht auf und kam mit der kälter werdenden Jahreszeit auf die Lösung meines Problems, auch wenn ich nun fürchten musste, dass es dafür jetzt zu spät war. Die Lösung fand ich buchstäblich am Strand des Silsersees bei einem Spaziergang um die malerische Halbinsel

Chastè. Es war ein kalter, frostiger Tag im November, und ich wollte mit Antonella um die Insel herumwandern, als wieder einmal – ich hatte mich allerdings längst daran gewöhnt – ihr Handy klingelte und ihre Mamma einen Überraschungsbesuch ankündigte; sie war bereits auf dem Weg zu uns und rief von Maloja aus an. So beschloss Antonella, sich in Sils mit ihr zu treffen und dann mit ihr in unsere Wohnung zu fahren, während ich meinen Spaziergang alleine zu Ende ging, wie das sich in der letzten Zeit immer öfter ergeben hatte.

Als ich meine Runde um die menschenleere Halbinsel beendet hatte, streifte ich etwas ziellos dem Ufer des Sees entlang, weil ich keinerlei Lust hatte, schon nach Hause zu fahren; da fand ich am Ufer an einem Abschnitt, der bereits zuzufrieren begann, ein kleines mit Eis überzogenes Stück eines alten Fischernetzes, in welchem sich einige Steine verfangen hatten. Natürlich!, schoss es mir durch den Kopf. Warum war ich denn nicht schon früher auf den Gedanken gekommen! Alles, was ich brauchte, um Antonella und ihren ganzen Clan zu versenken – hier war es! Ich konnte ein Netz mit ein paar Steinen zu einem Eisklotz zusammenfrieren lassen – wenn Antonella über Bord ging, musste ich nur dafür sorgen, dass der Haken ihrer Sicherheitsleine nicht an der Reling, sondern in diesem Netz festgemacht war, das sie nun unwiederbringlich in die Tiefe ziehen würde – perfekt! Ich konnte damit sicher sein, dass sie unterging und unten bleiben würde, bis der Eisklotz sich in dem Wasser aufgelöst haben würde; dann würde sie wieder auftauchen, und das einzige, was allenfalls in dem Karabiner ihrer Sicherheitsleine zurückbleiben würde, wäre ein Stück von einem alten Fischernetz, das ich aus dem selben See geborgen hatte – einfach perfekt!

Die Lösung schien mir zum Greifen nahe, ich musste nur noch die Kleinigkeiten so untereinander abstimmen, dass alles zusammenpasste. So begann ich, mit dem Netz, das ich mitgenommen hatte, zu experimentieren, und nahm – um möglichst authentisch zu sein – vom Silsersee einige Steine, die ich in das offene Netz brachte; das Ganze legte ich in einen Putzeimer aus Plastik, füllte diesen mit Wasser und ging damit zu unserer Tiefkühltruhe im Keller. Nach einigen Stunden war der Inhalt zu einem festen Klotz zusammengefroren, aus dem ich nun nur eine Bucht von einem Stück Seil des Netzes hervorragen lassen musste, um den Karabiner von Antonellas Sicherheitsleine darin einzupieken. Der Klotz liess sich mühelos aus dem Eimer heben, und mit der Badezimmerwaage erkannte ich, dass er etwa 15 Kilo schwer war, wobei das Eis etwa 5 Kilo ausmachte. Mit einem Klotz von 10 Kilo konnte Antonella unmöglich an der Oberfläche bleiben, auch wenn sie noch so heftig strampelte und zu schwimmen versuchte – aber wie lange würde der Klotz sie unten festhalten? Ich erinnerte mich, dass man bei dem Unfall im St. Moritzersee bei dem einen der beiden Opfer eine erfolgreiche Reanimation durchgeführt hatte, nachdem es mehr als 30 Minuten unter Wasser gewesen war; aber die Wassertemperatur war hier sicher tiefer gewesen, was – wie ich mich kundig machte – zu einer schockartigen Lähmung des Kreislaufs geführt hatte, was wiederum die Überlebenschancen erhöht hatte. Von einem schockartigen Stillstand des Kreislaufes konnte und musste ich nicht ausgehen; um aber absolut sicher zu sein, musste ich die Zeitspanne, die das Opfer unter Wasser blieb, auf etwa 60 Minuten erhöhen; dies würde genügen, um die Leiche dann erst nach der natürlichen Zeit wieder auftauchen zu lassen – und innerhalb von weniger als einer Stunde schien es mir absolut unmöglich, dass diese von einem Taucher der Polizei an einer nicht genau bestimmten Stelle im Silsersee geborgen werden konnte.

Mit dem gefrorenen Klotz und einem Auftriebskörper in der Form von einigen leeren Petflaschen fuhr ich daher an einem Abend spät zum Silsersee; ich warf mein Versuchs-Senkgewicht, das ich mit einer alten Wäscheleine zusammengehalten hatte, weil ich das Netz für den Ernstfall reservieren wollte, bei einem kleinen Ausstellplatz, auf dem ich bequem parkieren konnte, ins Wasser und setzte mich auf eine Bank, indem ich meine Uhr beobachtete. Es war dunkel – ich wollte keine Zeugen bei meinem Versuch – und absolut still; mit Ausnahme von ein paar Autos, die mit voll blendenden Scheinwerfern auf der Strasse hinter mir vorbeifuhren, war nichts zu hören. Langsam erhob sich der Mond über der Bergkette vor mir, und im Silberlicht des Seespiegels begann ich die Konturen der Bergkette rund um mich zu erkennen. Die ganze Bergwelt war still und friedlich, einsam und kalt, ein paar Lichter vom gegenüber liegenden Weiler Isola erkannte ich; ein wenig Schnee lag ab einer Höhe von etwa 2300 Metern, mich fröstelte. Ich sah auf meine Uhr: 33 Minuten waren vergangen. Jetzt wurde es spannend!

Weil mir langsam kalt wurde, erhob ich mich von der Bank und ging ein paar Schritte hin und her; nach einigen Minuten fuhr wieder ein Auto vorbei, diesmal langsamer als die anderen – ich wendete mich ab von dem blendenden Scheinwerferlicht, als ich merkte, dass der Fahrer seine Fahrt verlangsamte und zu mir auf den Ausstellplatz abbog. Ich drehte mich um und erkannte, dass es ein Polizeiauto war.

«Guten Abend!», begrüsste mich eine Stimme aus dem offenen Fenster.
«Guten Abend!», grüsste ich nervös zurück, indem ich mich anstrengte, nicht auf den See hinaus zu schauen, der in dem grellen Licht der beiden Scheinwerfer lag.
«Ist alles in Ordnung?», fragte der Polizist weiter.
«Alles in Ordnung!», gab ich zurück.
«Ich habe nur gedacht, ich schau mal kurz nach, ob Sie vielleicht eine Panne...»
«Nein, nein, keine Panne!»
«Dann ist ja alles in Ordnung!»
«Ja, ja – alles in Ordnung!»

Er legte den Rückwärtsgang ein und fuhr langsam auf die Einfahrt zurück, als sich eine Reihe von anderen Fahrzeugen näherte, so dass er in dieser Position warten musste; die Scheinwerfer leuchteten geradeaus auf den See, und mir stockte das Blut in den Adern, als ich zusah, wie meine Mineralwasserflaschen, zu einem Bündel zusammengebunden, in dem grellen Licht der Scheinwerfer mit einem Sprung aus dem See auftauchten und sogar ein wenig über die Wasseroberfläche hinausschossen, deren Stille hiermit durchbrochen war, wie wenn ein grosser Fisch oder ein Delphin aufgetaucht und zu einem Sprung angehoben hätte.

Ich sass reglos auf der Bank; der Motor des Polizeifahrzeugs wurde ausgeschaltet und der Mann stieg aus, die Lichter immer noch grell auf den See gerichtet, in dem nun die Flaschen schaukelten.
«Haben Sie das gesehen?», fragte er mich.
«Ja – seltsam!»

«Was die Leute alles in den See werfen, es ist eine Schande!»
«Tatsächlich!»
«Ich will nur schauen, ob ich die herausfischen kann...»

Mein Herz hämmerte, das Blut stockte mir in den Adern, als er aus dem Fahrzeug einen Stock brachte, mit dem er nun versuchte, die Flaschen zu erreichen.
«Die sind zu weit draussen...»
Er leuchtete die Flaschen mit seiner Stablampe an, als ob er sie mit ihrer Hilfe dazu bewegen könnte, sich ihm zu nähern.
«Kann man nichts machen! Mit dem Wind werden sie dann irgendwann in Sils ankommen...»
«Wahrscheinlich!»
Er ging zurück zu seinem Fahrzeug, grüsste mich nochmals durch das offene Fenster, startete den Motor und fuhr weg.

Ich schaute auf die Uhr: 58 Minuten – wenn ich nun das Intermezzo mit dem Polizisten abzog, so blieben noch immer mindestens 50 Minuten; das sollte reichen. Dazu kam mir in den Sinn, dass ich es mit den 5 Flaschen wohl ein bisschen übertrieben hatte: Der Auftrieb eines menschlichen Körpers würde nie und nimmer dem von 5 leeren Mineralwasserflaschen entsprechen – damit erhöhte sich die Chance, dass die Seilbucht noch etwas länger in dem Klotz eingefroren blieb, bis er sich so weit aufgelöst hatte, dass er die Leiche frei gab.

Ich hatte natürlich vorgesorgt und eine Schnur mit einem Haken dabei, mit dem es für mich ein Kinderspiel war, die Flaschen mit der daran hängenden Wäscheleine zu bergen. Ich zog sie an Land, legte alles in den Kofferraum meines Autos und fuhr befriedigt nach Hause. Experiment erfolgreich durchgeführt – alles perfekt!

Ich überlegte auf der Heimreise, wie ich den Klotz denn an Bord der Yacht bringen wollte, als mir zwei Sachen einfielen: Erstens war es im Sommer bedeutend wärmer als jetzt, und damit würde der Klotz also bereits ein wenig angeschmolzen sein, wenn ich ihn mit Antonella über Bord warf; das würde die Zeitspanne, bis er sich so weit aufweichen würde, dass er Antonella freigab, verkürzen. Und zweitens musste ich eine plausible Art finden, den Klotz an Bord der Yacht zu bringen, ohne dass Antonella Fragen stellte – die Vorstellung, dass sie mich mit einem Stück von einem alten Fischernetz und darin eingefrorenen Steinen herumhantieren sehen würde, war nicht das, was ich mir wünschte. Während ich es mir ohne weiteres zutraute, ihre Sicherheitsleine auszuklinken und im entscheidenden Moment vor dem Manöver – der «Patenthalse» – in den Klotz einzuhaken, ohne dass sie davon etwas bemerkte, musste ich mir einen guten Plan aushecken, wie ich den Klotz an Bord bringen und vor ihren Blicken verstecken wollte.

Die Lösung meines Problems fand ich schliesslich in einem jener Objekte, die die geplante Geburt in unserem Haus mit sich gebracht hatte: Eine grosse Kühlbox gehörte nämlich zu jenen Gegenständen, die in Antonellas Familie für absolut unabdingbar für den Transport von Milchprodukten für Säuglinge angesehen wurden. Und diese Kühlbox hatte die Raffinesse, dass sie sich im Auto über den Zigarettenstecker mit Strom versorgen liess, womit sie zu einem tragbaren Kühlschrank wurde. Ich konnte in dem Objekt ohne weiteres 10 Kilo Steine unterbringen und diese mit dem Netz zu einem Klotz zusammenfrieren lassen, indem ich das ganze Gerät mit dem tödlichen Inhalt in unsere Tiefkühltruhe stellte. Auf der Fahrt an den Silsersee liess sich das Eis kühlen, so dass ich davon ausgehen konnte, dass es ein solider Klotz war, wenn unser Abenteuer begann – und was konnte unauffälliger sein, als wenn ich an einem warmen Sommertag angeblich ein paar erfrischende Getränke in dieser Kühlbox mit an Bord nahm?

Ich hatte die Lösung für mein Problem gefunden, und sie war perfekt. Ich brauchte nur noch auf den richtigen Zeitpunkt zu warten, an welchem ich meinen Plan ausführen konnte; doch dieser war durch die Jahreszeit bedingt in weite Ferne gerückt. Ich spielte einen Augenblick lang mit dem Gedanken, das Ganze nicht auf dem Silsersee, sondern auf dem Zürichsee stattfinden zu lassen, wo es mir mit Bestimmtheit auch gelingen würde, eine Yacht zu mieten, und wo die Temperatur nun gegen den Winter hin auch kühl genug war, damit ich sicher sein konnte, dass nichts schief ging. Doch das Wetter und Antonellas Befindlichkeit nach der angeblichen Schwangerschaft machten die Sache zusammen mit den professionellen Seerettungsdiensten zu einer unmöglichen Kombination – es war kalt, zu kalt für einen Törn auf dem Zürichsee, und dieser kam wegen der organisierten Hilfeleistung ohnehin nicht in Frage.

14.

Schliesslich löste sich das Problem jedoch in einer ganz anderen Weise, wie ich sie nie geplant und vorausgesehen hatte. – Antonella und ich waren an einem Wochenende Anfangs Dezember wieder ins Engadin gefahren. Am Samstag unternahmen wir einen Ausflug über die Grenze nach Chiavenna, weil es im Engadin schneite und der Wetterbericht im Süden Nordföhn versprochen hatte. Wir fuhren gemütlich gegen Mittag los und trafen am frühen Nachmittag in dem schönen Städtchen ein. Wir spazierten durch die Gassen, schauten die Schaufenster und die eindrücklichen Häuser an. Antonellas Familie verlangte nach Weihnachtsgeschenken, und sie hatte klare Vorstellungen davon, wo man sich diese besorgen konnte. Der Parcours führte in verschiedenste Geschäfte, wo phantasievoll in raschelnde Folien eingehüllte Kartons mit Panettone und Spumante, dazu Süssigkeiten und Kleidungsstücke erstanden wurden. In einer angenehmen und stilvoll eingerichteten Bar bestellte ich einen Kaffee, Antonella trank einen Fruchtsaft, da sie überzeugt war, dass der Kaffee verderbliche Einflüsse auf das geplante Kind haben würde. Um etwa 6 Uhr brachen wir für die Rückreise auf, als wir auf einmal die spontane Idee hatten, noch in Italien ein Abendessen zu geniessen. Da Antonella wegen ihres Kinderwunsches auf jeglichen Alkohol verzichtete, konnte sie fahren, und ich konnte mir einen feinen Veltliner gönnen. Kurz vor der Grenze fanden wir ein Restaurant, doch das Abendessen wurde erst ab 19 Uhr serviert. Ich schlug vor, einen kleinen Spaziergang zu machen – es war dunkel, aber nicht sehr kalt, weil der Nordföhn die Luft stark erwärmte; unheimlich rauschten die Kastanienwälder, es war vollkommen finster.

«Gerade die richtige Atmosphäre für einen Mord!», sagte Antonella.
«Unheimlich – nicht?»

Wir kamen kurz vor sieben Uhr zu dem Restaurant zurück, und ich genoss einen feurigen Wein als Aperitif, während wir auf unser Essen warteten. Es war angenehm warm in dem Lokal, der Wein vorzüglich, ich spürte schon bald, dass er mir in den Kopf stieg. Mit dem Essen wurden meine Gedanken wieder ein wenig klarer, doch der Corretto, mit dem ich unsere Mahlzeit beendete – für Antonella weder Alkohol noch Koffein –, gab mir vollends den Rest. Ich bat sie, vorsichtig zu fahren, während ich wohl schon bald einschlafen würde.

Nachdem wir an der nahen Grenze von einem gähnenden Beamten kommentarlos durchgewinkt worden waren, legte ich meinen Sitz etwas zurück und versank schon bald in einem Halbschlaf, aus dem mich nur die ab und zu auftauchenden Scheinwerfer der entgegenkommenden Fahrzeuge aufrüttelten. Antonella fuhr schnell, aber ich wusste, dass sie eine gute Fahrerin war, ich konnte ihr vertrauen. Bei den ersten Kurven, noch tief im Bergell, fuhren wir in die ersten Schneeschauer; die uns entgegenkommenden Autos waren – das hatte ich im Licht eines Tunnels deutlich gesehen – mit Schnee bedeckt. Die wirr herumtanzenden Flocken, die sich im Scheinwerferlicht bündelten und auseinander stoben, die regelmässigen Bewegungen der Scheibenwischer, die Wärme im Auto, die grell glänzende Strasse, in der sich das Licht der entgegenkommenden Fahrzeuge spiegelte und blendete, der Alkohol, dies alles trug dazu bei, dass ich mich ein wenig zur Seite drehte und einschlief. Ich hörte von weitem, wie wir in Schneematsch hineinfuhren, der sich unter dem Druck der Reifen in eine Spur von Wasser verwandelte, das an der Karosserie herumpolterte und auf beide Seiten spritzte – einmal fluchte Antonella laut, als ein entgegenkommender Reisecar uns durch eine matschige Wand von aufgeschleudertem Schnee und Dreck krachen liess, so dass sie einen angsterfüllten Augenblick lang nichts mehr sehen konnte.

Als ich meine Augen wieder öffnete, erkannte ich, dass wir die Passhöhe von Maloja jeden Augenblick erreichen würden. Die Strasse war weiss, fester Schnee haftete darauf, die Fahrt war beinahe lautlos. Antonella nahm die letzten Haarnadelkurven der Passstrasse und fuhr in die Ortschaft ein; ich war nur halb wach und sah in der spärlichen Beleuchtung des Dorfes, dass hier etwa 15 Zentimeter Schnee lagen; die rot leuchtende Temperaturanzeige vor mir zeigte –8°.

Antonella fuhr schnell, zu schnell für meinen Geschmack; aber ich wollte mich nicht bemerkbar machen und genoss es, sie im Glauben zu lassen, dass ich noch schlief. Nach dem Ende des Dorfes beschleunigte sie, das Schneegestöber wurde ein wenig schwächer, die Sicht besser. Der Neuschnee hatte die Landschaft verzaubert, und in den Kegeln der Scheinwerfer tauchten verschneite Lärchen auf, weisse Kappen tragende Pfosten, Tannen, die die Schneelast von sich schüttelten. Bei der kleinen Ebene von Plaun da Lej erkannte ich unsere Yacht, die auf einem Trailer aufgebockt war und vom Schnee zugedeckt auf die nächste Saison wartete. Ich dämmerte vor mich hin, wir näherten uns der Ebene von Sils, als plötzlich Antonellas Handy klingelte. Sie ergriff es, doch es entglitt ihr, und sie bückte sich einen Augenblick lang, um es zu suchen – in dem selben Augenblick verlor sie die Kontrolle über das Fahrzeug. Es kam von der Strasse ab und bog nach rechts auf den Rastplatz ein, wo ich mein Experiment mit den Flaschen gemacht hatte; das linke Vorderrad schlug auf einem tief eingeschneiten Erdwall auf, der aufgeschüttet worden war, um zu verhindern, dass Autos hier parkierten; dadurch kam das Fahrzeug in eine Rotationsbewegung, die Antonella sofort gegen die Wagendecke schleuderte; wir krachten in die Bank, auf der ich gesessen war, und die vor meinen entsetzten Blicken in einem weiten Bogen weggeschleudert wurde, die gesamte Airbag-Maschinerie ging mit einem lauten Knall los, während wir im Flug auf die Schwärze des kalten Sees zuschossen.

Das Auto prallte mit dem Dach gegen unten auf die eiskalte Oberfläche; durch den Aufschlag hatte sich der Kofferraumdeckel geöffnet, das Auto überschlug sich, ehe es zu sinken begann; das Handy klingelte immer noch schrill, es war irgendwo im Auto drin, der Motor heulte furchtbar auf, die Lichter gingen aus, durch die beiden zerbrochenen Seitenfenster auf meiner Seite stürzten Massen von schwarzem Wasser, durchsetzt mit Glassplittern, auf mich ein, das Auto füllte sich sofort mit einem eiskalten Schwall und sank.

Der erste Kontakt meiner Haut mit dem Wasser war brutal. Ich war mit einem Schlag vollkommen wach und sah, wie Antonella reglos und mit auffällig nach hinten geneigtem Kopf in ihren Gurten hing; ich rang nach Luft, die Kälte war lähmend, furchtbar, schneidend. Mechanisch klinkte ich unsere

Sicherheitsgurten aus, versuchte, die Türe aufzustossen – keine Chance; ich bemerkte, dass das Auto irgendwie auf der Seite liegen musste, und versuchte, mich zu orientieren, wo oben war – dann schaffte ich es, mich durch das Seitenfenster zu ziehen. Ich erinnere mich, wie ich in der ganzen Panik versuchte, mich zu kontrollieren, zu warten, um festzustellen, in welche Richtung ich schwimmen musste, um an die Oberfläche zu kommen, doch zugleich stellte ich fest, dass mein Kopf bereits aus dem Wasser ragte. Ich rang nach Luft – eiskalte, brutal schneidende Luft! Ich erkannte, wo das Ufer war, und schwamm, ruderte, paddelte mit allen Kräften an die Kante, über die ich meine Flaschen und meinen Eisklotz geworfen hatte, rappelte mich hoch und sah, dass von dem Auto in dem schwarzen See nichts mehr zu sehen war. Einzig eines der Pakete hatte den Weg aus dem Kofferraum an die Oberfläche des Wassers gefunden, wo es, offensichtlich wasserfest in seiner Folie verpackt, leise hin- und herschaukelte.

Meine Gedanken rasten im Kreis herum, immer wieder stiess ich nur das eine Wort «Scheisse» hervor, es war mir unmöglich, einen Gedanken klar zu Ende zu denken, ohne ihn gleich wieder mit «Scheisse» zu unterbrechen. Die Kälte war tödlich. Erschöpft und ausser Atem drehte ich mich nach der Strasse um, dann wieder nach dem See, tastete in meiner klebrigen, platschnassen Jacke nach dem Handy, fand es aber nicht. Die Spuren von dem Unfall hatten den Rastplatz durchfurcht, sonst hätte nichts darauf hingewiesen, was hier eben geschehen war; eine geradezu unglaubliche Stille hatte die Szene wieder in Beschlag genommen, ich war noch betäubt von dem ganzen Lärm des Unfalls. Fieberhaft versuchte ich, zu überlegen, was ich tun sollte; immer wieder drehte ich mich nach dem See um, um zu schauen – aber da regte sich nichts, keine Blasen stiegen auf, kein Licht war zu sehen. Es war kalt – ich musste sofort irgendetwas tun, um mich aufzuwärmen! Schliesslich zwang ich mich, meine Gedanken zu ordnen, zu überlegen, was ich tun konnte, und begann der Strasse entlang nach Sils zu rennen.

Ich war ausser Atem, mir war schlecht, ich spürte einen brennenden Schmerz in meinem Bein, die Strasse war glitschig, der Schnee drang in meine durchnässten Schuhe, Strümpfe, Hosen ein, aber alles zählte nun nicht, ich musste weiterrennen, Wärme war nun alles, was ich brauchte. Ein Auto kam mir entgegen; ich ging ein wenig in die Fahrbahn hinein und begann zu gestikulieren, rief, brüllte durch das Schneegestöber, schwenkte meine Arme wild herum – der Fahrer blendete mich mit seinen Scheinwerfern, hupte und fuhr schliesslich an mir vorbei.

Ich konnte es nicht fassen! Ich schwebte in Lebensgefahr, und da war ein warmes, rettendes Fahrzeug nur wenige Zentimeter an mir vorbeigerast – ich rannte weiter, drehte mich immer wieder um, in der Hoffnung, der Fahrer könnte doch die Spuren des Unfalls gesehen haben und umkehren, doch nichts regte sich. In der Ferne sah ich, wie Schweinwerferlichter sich in den Wolken brachen, aber es liess sich nicht ausmachen, ob die vom Dorf Sils oder von der Umfahrungsstrasse stammten. Ich hustete, keuchte, das Wasser bewirkte, dass meine Kleider an mir klebten, so dass ich meine Hose immer wieder hochziehen musste, ich fuhr mir über die Haare und stellte entsetzt fest, dass sie festzufrieren begannen. Ungeschickt hastete ich durch den Schnee weiter, die Wärme, von der ich wusste, dass sie

irgendwann in mir erzeugt würde, wollte und wollte sich nicht einstellen, ich war mehrmals versucht, mich zu beruhigen und zu warten, ein wenig stehen zu bleiben – doch dann erkannte ich den Parkplatz vor dem Dorfeingang, die Brücke zum Dorf Sils, den dampfenden Abfluss des Sees, die Kirche, das Restaurant. Ich versuchte, mich zu fassen, während ich mich der Gaststätte näherte, drückte die Tür auf, betrat den Eingang mit platschnassen Schuhen, indem ich eine Spur von Schnee und Wasser von mir schüttelte, wie ein Hund, und stellte fest, dass sich der Schnee auf meiner ganzen Kleidung festzusetzen begonnen hatte; eine entsetzte Serviertochter erblickte mich, der Schreck war ihr ins Gesicht geschrieben, als ich, nach Atem ringend, nur noch hervorbrachte:
«Rufen Sie den Notarzt! Den Notarzt! Schnell – bitte!»

Es waren keine Gäste in dem Lokal; die Serviertochter holte ein drahtloses Telefon hervor und fragte mich, welche Nummer sie wählen sollte. Ich wusste es nicht, bat, mich setzen zu dürfen, als der Wirt, durch die plötzliche Unruhe vom Dösen vor dem Fernseher geholt, in der Gaststube erschien, der Serviertochter das Telefon ruhig aus der Hand nahm und eine Nummer wählte.

«Was ist denn geschehen?», fragte er, noch während er wählte und indem er mich ansah.
«Wir sind in den See gefahren! Meine Frau ist noch in dem Auto!»
Die Verbindung war hergestellt, mit ruhiger und sachlicher Stimme gab der Wirt zu verstehen, was geschehen war, fragte mich noch nach der genauen Stelle und bat am Telefon um Aus-

kunft, was mit mir zu geschehen habe. Ich begann heftig zu zittern und wollte mich setzen, als der Wirt mich an meiner Jacke nahm und sagte: «Unter die Dusche! Schnell!»
Ich folgte ihm durch einen Korridor und eine Treppe hoch; er öffnete mir ein Gastzimmer, machte Licht und stiess die Türe zum Bad auf, liess das Wasser anlaufen und rief mir zu, er wolle mir in der Zwischenzeit schnell ein paar trockene Kleider holen.

Ich zog mich mit klammen Fingern aus, stellte mich vorsichtig tastend unter die warme Dusche, fürchtete, mich zu verbrühen, empfand das Wasser als zu kalt, dann als stechend heiss; ich setzte mich unter dem Wasserstrahl, rieb mir die Augen, das Gesicht, die Schultern.

Der Wirt hatte mir einen Satz trockene Kleider hingelegt – von der Wäsche bis zu einem Paar Turnschuhen, einen Pullover; ich trocknete mich sorgfältig ab und hatte den Eindruck, ich würde und würde nicht trocken; schliesslich zwängte ich mich in das bereitgelegte T-Shirt, das überall an mir klebte, zog mich an.
– Ich wurde bereits erwartet, als ich das Badezimmer kaum verlassen hatte; ein Rettungssanitäter untersuchte mich, ein Polizeibeamter fragte, wo das alles geschehen sei, und rannte sofort los, als ich sagte, dass meine Frau in dem Auto geblieben war.

Die Polizei fand die Stelle, während ich noch von dem Notarzt untersucht wurde; es wurden Taucher angefordert, um zu dem Auto zu gelangen. Ich wollte unbedingt an die Stelle des Unglücks zurück, doch der Arzt wies mich wegen einem Verdacht auf eine Hirnerschütterung zur Beobachtung ins Spital in Samedan ein, eine Ambulanz fuhr mich unverzüglich dahin. – In der Zwischenzeit wurden an der Unglücksstelle Scheinwerfer und Notstromgeräte aufgestellt, mehrere Fahrzeuge von Polizei, Ambulanz und Ölwehr versammelten sich, um einem Team von zwei Tauchern zuzusehen, die sich in die dunkle Flut gleiten liessen, um nach wenigen Minuten mit Antonellas Leiche aufzutauchen. Sie hatte sich beim ersten Aufprall gegen die Decke des Fahrzeugs das Genick gebrochen.

Ich verbrachte eine rastlose Nacht im Spital, nachdem man festgestellt hatte, dass ich ausser einer Schramme am Bein, die mit wenigen Stichen zugenäht wurde, von dem Unfall keinerlei Verletzungen hatte. Ich schlief unruhig und wurde in regelmässigen Abständen immer wieder von der Nachtschwester geweckt, die mir mit einer Taschenlampe in die Augen leuchtete. – Unterdessen wurde das Fahrzeug aus dem See geborgen. Am nächsten Tag wurde ich von der Polizei im Spital einvernommen, die offizielle Nachricht vom Tod Antonellas wurde mir überreicht. Ich erklärte den Hergang des Unfalls, so gut es ging, und bat um Hilfe bei der Beschaffung eines Ersatzschlüssels für meine Wohnung, doch man hatte meinen Schlüsselbund, an dem noch der Zündschlüssel war, bereits aus dem Auto geholt und gab mir diesen zurück. Ein Taxi wurde gerufen, ich wurde nach Hause gefahren.

15.

Ich weiss gar nicht mehr, ob ich eher überrascht oder einfach nur wütend war, als vor unserer Wohnung ein Transporter der Firma Filzi stand. Ich hatte gerade einen Unfall überlebt, bei dem meine Frau umgekommen war – dass ich sie hatte umbringen wollen, machte den Unfall nicht weniger brutal. Doch nun stand ich vor unserer Wohnung, deren Türe weit geöffnet war, fremde Männer gingen mit Kartons in der Wohnung ein und aus, und auf dem Sofa sass die Signora persönlich, Zigarette im Mundwinkel, ununterbrochen ins Telefon redend, nein, es klang wie ein Diktat, eine Reihe von Anweisungen, eine Kette von Befehlen, die sie jemandem auftrug; mich würdigte sie keines Blickes. – Ich ging in unser Schlafzimmer und wollte ein paar Kleider aus dem Schrank holen, denn ich trug noch immer die vom Wirt des Gasthauses in Sils, doch in unserem Schlafzimmer waren zwei grossäugige, scheue junge Frauen, die damit beschäftigt waren, Antonellas Kleider aus dem Schrank und der Kommode zusammenzupacken und in Kartons zu legen, die auf dem Bett bereit standen.

«Signor Giustizia!», tönte es nun direkt hinter mir, «Mister Gerechtigkeit!» Ich drehte mich um und sah der Signora ins Gesicht; sie hatte ihr Telefon abgelegt und stand mir gegenüber wie ein Monument, ein bedrohliches, übermächtiges, erdrückendes – eine Wucht.

«Ich gestatte mir, die Sachen meiner Tochter mitzunehmen; haben Sie die Höflichkeit und den Anstand, mich in diesem Augenblick der Trauer alleine in dieser Wohnung zu lassen!»

«Alleine?» fragte ich, indem ich auf die beiden Signorinas und

die in blauen Gewändern ein- und ausgehenden Schwerarbeiter deutete, «Und Trauer?»
«Kümmern Sie sich um Ihre eigenen Angelegenheiten!»
«Wäre Ihnen – ich gehe nun davon aus, dass ich Sie nicht mehr «Mamma» nenne – damit gedient, wenn ich für zwei Stunden die Wohnung verliesse?»
«Es wäre das Minimum – das absolute Minimum!»

Ich nahm mir meine Kleider, schloss mich kurz im Bad ein, um mich umzuziehen, und verliess die Wohnung wortlos. Bei der Türe hingen an einem Haken Antonellas Schlüssel; ich überlegte mir einen Augenblick lang, ob ich sie mitnehmen sollte, liess sie dann aber dort. Ich ging durch die Garage und schaute den leeren Parkplatz an. Dabei bemerkte ich, dass Antonellas Bike noch da stand; die Lärchennadel lag noch genau da, wo ich sie nach unserer letzten gemeinsamen Tour hingelegt hatte. Ich lief weg, ich wusste nicht, wohin – am liebsten wäre ich ein wenig aufs Bett gefallen oder hätte mir einen Kaffee gemacht und ein bisschen Zeitung gelesen, um mich zu finden; statt dessen spazierte ich langsam durch das Dorf. Ich hatte das dringende Bedürfnis, mit jemandem zu sprechen, der etwas über meinen Unfall wusste, doch fiel mir niemand ein. Bei der Post studierte ich den Fahrplan der Buslinie nach Samedan und fuhr mit dem nächsten Bus dorthin, weil ich mich um ein Ersatzauto kümmern und mich dann bei der Polizei in St. Moritz melden wollte. Ich wusste, dass ich ein Aussageprotokoll machen und dieses unterzeichnen musste.

Bei einer Garage in Samedan übergab man mir ohne Umtriebe ein Ersatzfahrzeug, mit dem ich zur Polizei nach St. Moritz fuhr.

Der diensthabende Offizier war kein anderer als jener, der mich bei meinem Experiment mit den Flaschen am Silsersee unterbrochen hatte; er schien mich zu erkennen, doch fragte er nicht, ob ich das war, obwohl die Szene nur wenige Wochen vorher gewesen war. Ein eigenartiges Gefühl war es für mich trotzdem, hatten wir beide uns doch an derselben Stelle getroffen, an der ich nun am Vorabend mit Antonella verunglückt war. Der Polizist erklärte mir, dass das Auto einen Totalschaden erlitten hatte, und händigte mir die wenigen Gegenstände aus, die aus dem Wrack geborgen worden waren, darunter mein durchnässtes Telefon und das ziemlich unbeschädigte Paket, das ich hatte an der Oberfläche des Wassers herumschwimmen sehen; drei Flaschen Spumante hatten den Unfall im Kofferraum schadlos überstanden. Ich gab meine Aussagen zum Unfallhergang zu Protokoll und sah zu, wie der Mann sich mit dem Textverarbeitungsprogramm abmühte und zahlreiche Schreibfehler in das Dokument brachte. Schliesslich fragte ich ihn:

«Wissen ihre Eltern schon...?»

«Die haben uns schon gestern Abend angerufen, als sie ihre Tochter mit dem Telefon nicht erreichen konnten; die haben bestimmt 10 mal angerufen, bevor wir nur geahnt haben, was geschehen war – als sie dann erfuhren, dass sie im See umgekommen ist, haben sie direkte Drohungen gegen Sie ausgestossen...»

«Drohungen?»

«Ja – wenn sich irgendwie herausstellen würde, dass Sie an dem Unfall schuld sind...»

«Aber ich war doch im Beifahrersitz!»

«Ja, klar!»

«Wie soll ich da....?»

«Die haben uns – aber dazu wird sich der Untersuchungsrichter dann äussern!»
«Klar!»
«Und da war dann noch die Sache mit dem Sicherheitsgurt.»
«Was ist damit?»
«Der Gurt war offen!»
«Ja, klar war er offen – ich musste mich doch irgendwie befreien!»
«Nein, nein, ich spreche vom Gurt Ihrer Frau.»
«Den habe ich auch geöffnet!»
«Aber Sie haben doch gesagt, dass Sie überzeugt waren, dass sie bereits tot war?»
«Ich habe in der gleichen Handbewegung beide Gurten geöffnet. Hätte ich etwa denjenigen meiner Frau wieder schliessen sollen, als ich das Auto verliess, weil es gegen die Strassenverkehrsordnung ist?»
«Ich bitte Sie! Es geht nur darum, die Tatsachen festzuhalten.»
«Ich war in einer Panik! Ich habe versucht, mein eigenes Leben zu retten, ich musste mich durch das Fenster hieven, ich hatte keine Ahnung, wo oben oder unten war, ich ...»
«Und Ihre Frau?»
«Sie war vollkommen reglos, ich war überzeugt, dass sie tot war.»

Ich war sprachlos; ich hatte nie den leisesten Verdacht gehegt, dass Antonella mit irgend jemandem darüber gesprochen hatte, dass es mit unserer Beziehung nicht so ganz klappte – mit einem mulmigen Gefühl und einem eher unruhigen Puls verliess ich das Büro und wusste wieder nicht mehr, wohin ich gehen sollte. Schliesslich entschied ich mich, einen Spaziergang am See in

St. Moritz zu machen, um die Zeit verstreichen zu lassen, bis ich wieder in meine Wohnung zurückgehen konnte.

Auf dem Spaziergang fand ich allmählich zu meinen Gedanken zurück. Es war mir klar, dass der Anruf, der zu dem Unfall geführt hatte, von Antonellas Mamma stammen musste – und damit war auch klar, dass sie sich sogleich Sorgen gemacht hatte, als dieser nicht beantwortet wurde. Sie musste dann umgehend die Polizei verständigt haben, und diese wiederum musste ihr mitgeteilt haben, was passiert war, nachdem ich den Unfall von dem Restaurant in Sils aus gemeldet hatte. Es sprach für ihr Organisationstalent und ihre Bestimmtheit, von der ich so manches erfahren hatte, dass sie noch in der Nacht, während ich im Spital in Samedan lag, mit einem Transporter ins Engadin gefahren war, zusammen mit dem Hilfspersonal, das sie dabei unterstützte, Antonellas Sachen zusammenzuraffen. Ich konnte damit rechnen, dass sie vom Engadin aus direkt nach Zürich in unsere Wohnung fahren würden, um da wiederum alles einzupacken, was von Antonella stammte – den Schlüssel hatte ich ja in der Wohnung zurückgelassen. Doch wieso diese feindliche, aggressive Haltung mir gegenüber? Was wollte sie damit erreichen?

Als ich nach meinem Spaziergang wieder in unserer Wohnung eintraf, war es bereits Nachmittag. Zwar hatten die Italiener alles abgeholt, was Antonella gehörte, aber sie hatten sich insofern Mühe gegeben, als ich keine Unordnung vorfand. – Ich machte mir einen Kaffee und liess mich in das Sofa fallen. Jetzt endlich atmete ich in einem tiefen Seufzer aus, und mir schien es, als ob ich immer und immer wieder ausatmen wollte, um den ganzen Druck abzubauen, der sich über die ganze Zeit in mir aufgestaut hatte. Jetzt erst gelang es mir, mich zu finden und festzustellen, dass ich ja im Grunde das erreicht hatte, was ich so präzise geplant hatte – es war einfach nicht so geschehen, wie ich es vorgesehen hatte, aber es kam auf das selbe heraus: Ich war fein raus! Ich hatte meine Unabhängigkeit, mein Leben wieder so, wie ich es gewohnt war, der Albtraum war zu Ende, und so unangenehm und peinlich der Zusammenstoss mit Antonellas Mutter auch gewesen war, diese hatte mir die ganze Arbeit abgenommen und mir meine Wohnung so überlassen, wie ich es mir nicht besser hätte wünschen können.

Jetzt erst bemerkte ich, dass ich immer noch den Ring trug, der mich als Ehemann Antonellas kennzeichnete. Mit einem Seufzer der Erleichterung zog ich ihn mir vom Finger und legte ihn auf den Tisch vor mir; dann wieder sah ich ihn genauer an, versuchte, die Inschrift auf seiner Innenseite zu entziffern, das Datum unserer Hochzeit und unsere Initialen. Waren es nicht die Römer gewesen, die ihren Sklaven Ringe verpasst hatten, als Zeichen der Unfreiheit, der Leibeigenschaft? Und war ich nicht gerade aus einer Leibeigenschaft entlassen worden, hatte ich mich nicht soeben befreit? Ich liess den Ring mit einem zufriedenen Lächeln auf den Tisch fallen, wo er sich selbstständig machte und mit einem leisen Surren über den Parkettboden rollte, bis sich dieses Geräusch auf den Fliesen in der Küche in ein Klirren verwandelte, wie es Antonellas Ring bei unserer Hochzeit in der Kirche von sich gegeben hatte. Wieder atmete ich auf, als mir jene Szene wieder in den Sinn kam, und der Gedanke, dass damit das Klingeln die Leibeigenschaft ebenso ausgeläutet hatte, wie es sie eingeläutet hatte, entlockte mir ein befriedigtes Lächeln. Was sollte ich mit dem Ring tun?

Ich verbrachte noch ein paar Tage im Engadin, um mich zu erholen und zu entspannen. Ich genoss die Ruhe, die Stille – das ewige Klingeln des Telefons blieb aus, die Puppenstubenatmosphäre mit den unzähligen Anschaffungen für das geplante Kind war weg. Ich gönnte mir einen Whisky, ohne dass ich mich dabei rechtfertigen musste, las, sah mir Filme am Fernsehen an, spazierte. Ich brachte die Kleider dem Wirt in Sils zurück und sah mir nochmals die Unfallstelle an und überlegte hin und her, ob ich den Ring in den See werfen sollte, verwarf den Gedanken dann aber wieder. Ich fand Zeit, meine Geschichte an mir vorbeigehen zu lassen, zurückzudenken, das alles nochmals zu begreifen.

Antonella wurde in einem Familiengrab in der Umgebung von Milano bestattet. Ich fühlte mich bei der Beerdigung ungefähr so ausgeschlossen, wie ich mich an der Hochzeit gefühlt hatte; wieder war ich isoliert, einsam, fast kam bei mir eine Art Trauer auf. Wenn ich mich nicht im Inneren immer an dem Gedanken festgehalten hätte, dass damit das Ende genau so war wie der Anfang, so hätte ich der Gesellschaft wohl einfach den Rücken zugekehrt, ohne mich zu verabschieden. Den Plan, meinen Ring Antonella ins Grab mitzugeben, konnte ich nicht durchführen, denn ich hatte den unbestimmten, aber drohenden Eindruck, das könnte als Affront aufgenommen werden und zu einer unberechenbaren Szene führen. Zur Wahrung der Form stand ich am Grab und schüttelte einem unendlichen Zug von Fremden die Hand, während sich Antonellas engere Familie mit aller Deutlichkeit von mir absetzte. Zu einem Gespräch, das über die absolut notwendigsten Formalitäten hinausgegangen wäre, kam es nicht.

Zu Hause lebte ich mich langsam wieder in meinen Beruf ein; meine Klienten brauchten mich, die Termine drängten, die Akten häuften sich in meinem Büro und nun auch zu Hause auf, wo nach der Räumung von Antonellas Sachen, die tatsächlich noch am selben Tag stattgefunden hatte wie jene im Engadin, alles wieder beim Alten war.

Ich fand zu meiner Ruhe und Überlegenheit zurück, zugleich auch wieder die Zeit und die Freiheit, mich ab und zu einem Kollegen anzuschliessen, zum Kaffee oder zu einem Essen. Die Wochenenden verbrachte ich weiterhin alleine im Engadin, genoss wieder die Stille meiner Skitouren, die Kameradschaft in der Gruppe, den Schnee. Von Antonellas Familie vernahm ich nichts, und ich liess nichts von mir vernehmen.

Es war Frühjahr geworden, als mich unter der Woche der Notar aus Samedan im Büro anrief und einen Termin mit mir für den folgenden Samstag vereinbaren wollte; als ich fragte, worum es ging, sagte er, die Signora komme auf diesen Tag ins Engadin und wolle sich mit mir in seinem Beisein treffen. Ich sagte zu, ging davon aus, dass die Sache mit dem Grundbesitz geregelt werden müsse, und reiste am Freitagabend wie gewohnt über den Julierpass ins Engadin.

Meine erste Begegnung mit der Mamma nach so langer Zeit liess mir einen Schauder über den Rücken gehen. Sie erwartete mich bereits im Büro, elegant, ja, übertrieben elegant gekleidet, die obligate schwarze Farbe diente als reines Modeaccessoire. Der scharwenzelnde und händereibende Notar bat mich herein. Ohne einen Gruss gab mir die Signora zu verstehen:

«Ich habe Sie hierher kommen lassen, damit dieser Notar hier als Übersetzer und als offizielle Vertrauensperson unserem Gespräch beiwohnt; er untersteht der Schweigepflicht und nimmt die Interessen unserer Familie wahr.
Wir haben allen Grund zu der Annahme, dass der Tod unserer geliebten Tochter nicht ganz so sehr ein Unfall war, wie es den Anschein hat. Zwar haben die Autopsie und die Untersuchungen – der Notar wird das bestätigen – keinerlei Fremdeinwirkung bewiesen; es hat den Anschein, dass unsere Antonella am Steuer sass, als das Unglück geschah. Aber welche Rolle Sie dabei gespielt haben, ob Sie ihr ins Steuer gegriffen und den Unfall verursacht, oder die Handbremse angezogen haben, um das Fahrzeug ins Schleudern zu bringen, oder ob Sie dafür gesorgt haben, dass der Sicherheitsgurt geöffnet war, und wann Sie ihn geöffnet haben, das alles lässt sich weder schlüssig beweisen noch ausschliessen. Bedenken Sie, dass eine Mutter spürt, was in ihrer Tochter vorgeht! Glauben Sie ja nicht, dass Sie mit der Komödie, die Sie mit Antonella und mit uns allen gespielt haben, wegkommen; niemand kann das! Sie sind *cattivo,* böse. Ich erwarte von Ihnen kein Geständnis, ich erwarte von Ihnen keine Tränen der Reue. Aber ich erwarte, dass Sie meine Worte verstehen und ihre Schlussfolgerungen daraus ziehen. Und was die Wohnung hier im Engadin angeht, so fällt diese ab dem nächsten Monatsersten in ihrer Gänze der Familie Filzi zu, der Betrag, den Sie investiert haben, wird auf eines Ihrer Konten überwiesen. Die Wohnung in Zürich, an der die Familie Filzi ebenso beteiligt ist, wird zum Verkauf ausgeschrieben, eine Immobilienfirma in Zürich wurde diesbezüglich bereits beauftragt; es steht Ihnen frei, diese selbst zu erwerben. Und nun gehen Sie.»

Der Notar, der mir diese Rede ins Deutsche übersetzt hatte, wies mir mit einem undurchsichtigen Lächeln die Türe. Ich verliess den Raum wie ein Schüler, den man beim betrügerischen Abschreiben erwischt hatte; meine Ohren wurden heiss, ich rang nach Luft und kämpfte mit mir, doch schliesslich fasste ich mich und blieb in der Türe stehen.

«Signora!», brachte ich stockend, aber mit zunehmend ruhigerer Stimme hervor, indem ich mich umdrehte, «vergessen Sie bitte nicht, dass allem Anschein nach der verhängnisvolle Telefonanruf, der dazu geführt hat, dass Antonella die Beherrschung über das Fahrzeug verlor, von Ihnen stammte. Hat die Polizei das denn noch nicht abgeklärt? Aber vielleicht denken Sie einmal selbst darüber nach. – Und was Ihre Aussage angeht, ich sei *cattivo,* also böse, so kann ich dem nur zustimmen, aber im ursprünglichen Sinn des Wortes, denn genau das bin ich immer gewesen: ein *captivus,* ein Gefangener. Aber jetzt bin ich frei!»

Ich zog die Türe hinter mir zu. Im Vorzimmer übergab ich, einem spontanen Einfall gehorchend, den Ehering, den ich immer noch an meinem Schlüsselbund bei mir trug, der verdutzten Sekretärin, indem ich ihn mit einem Lächeln auf ihr Pult legte, und dazu nur ein Wort zur Erklärung sagte:
«Filzi!»
Draussen auf der Strasse schnaubte ich auf:
«Komödie!», fuhr es mir durch den Kopf. Genau, eine Komödie war es gewesen – doch wer hatte hier gespielt?

16.

Ich fand meine Ruhe an diesem Tag nicht mehr; für eine Skitour war es zu spät, und es schien mir typisch, dass Antonellas Familie es wieder einmal fertig gebracht hatte, mir meinen Tag gänzlich zu verderben. Ich setzte mich in meinen Wagen und fuhr in meine Wohnung, der Gedanke an die Unterredung oder besser die Rede der Signora liess mich nicht mehr los. Frustriert machte ich einen Spaziergang, aber der Schnee war matschig, und überall waren Pfützen, durch die ich nicht gehen konnte – ich verfluchte die Signora und den ganzen Filzi-Clan und suchte mir etwas, woran ich meine Wut auslassen konnte, doch fand ich nichts.

Wieder in meiner Wohnung setzte ich mich an meinen Computer und begann, die ganze Geschichte aufzuschreiben; je mehr ich schrieb, umso besser fühlte ich mich. Ich spürte, wie sich beim Finden der Worte am Bildschirm meine Erinnerung ordnen liess; aus der bedrohlichen Szene beim Notar heraus hatte ich einen Weg gefunden, mir das alles zurechtzulegen – und es half mir. Ich schrieb bis weit in die Nacht hinein, und ich stellte dabei fest, wie die ganze Geschichte schon von Anfang an unter einem riesigen Erwartungsdruck und einer vollkommen unglücklichen Fügung gestanden hatte, von der absichtlichen Trennung von meinem Freundeskreis über die in Szene gesetzte Show mit den Ferien in Italien bis hin zu den eiskalten Begegnungen mit ihrem Clan – das alles hätte mich eigentlich schon von Anfang an zur Vernunft bringen sollen. Das einzige, was ich an der Geschichte loben konnte, war die Tatsache, dass ich meinen Mord schliesslich nicht durchgeführt hatte, obwohl ich ihn so minutiös geplant hatte.

Das Schreiben tut mir gut! Ich sitze noch immer am Bildschirm und ordne meine Vergangenheit.

Was hätte ich tun können, um die Sache zu vermeiden? Wo hätte ich meinen Gefühlen Einhalt gebieten müssen? Welche dieser zahllosen und unsichtbaren Grenzen hätte ich denn nicht überschreiten dürfen?

Ich habe gerade beschlossen, mir den Montag frei zu nehmen, um diese Geschichte abschliessen zu können und um meine persönlichen Sachen hier zusammenzupacken – ich kann dann am Dienstag Vormittag über den Julier zurückreisen, die wichtigen Termine sind erst am Donnerstag und Freitag in dieser Woche.

Unfallmeldung der Kantonspolizei Graubünden

An: Presse

Dienstag, 9. April

Auf der Kantonsstrasse St. Moritz – Savognin (Julier-Passstrasse) ereignete sich heute Vormittag ein folgenschwerer Unfall. Ein Automobilist mit Zürcher Kennzeichen befand sich auf der Strasse von St. Moritz in Richtung Savognin, als er in einer unübersichtlichen Kurve im Wald unterhalb von Rona einem auf der Fahrbahn stehenden Holztransporter ausweichen musste; dabei geriet sein Fahrzeug über den Strassenrand hinaus, wo es jedoch hängen blieb, ohne abzustürzen. Aus noch ungeklärten Gründen lösten sich in der Folge mehrere Baumstämme von der Ladung des Holztransporters, die mit grosser Wucht auf das Fahrzeug rollten; dadurch geriet das Fahrzeug aus dem Gleichgewicht und stürzte zusammen mit den Baumstämmen einen Steilhang hinunter. Der Automobilist kam dabei ums Leben. – Der Fahrer des Holztransporters wird einvernommen.

Beim Montabella Verlag, CH-7500 St.Moritz
sind die nachstehenden Titel erschienen:

ISBN	**Autor**	**Titel**
3-907067-30-4	Andreas Beriger	Das Netz – Engadiner Kriminalroman
3-907067-29-0	Peter Löhmann	Quickies of Entertainment, Kurzgeschichten
3-907067-28-2	Weiss/Canal	Engadin – Sinnlichkeit der Jahreszeiten + DVD
3-907067-27-4	Bloch/Rödiger	Ursina Vinzens, Künstlerportrait, Bildband
3-907067-23-1	Luca Merisio	ENGADIN – Die schönsten Wanderungen
3-907067-24-X	Luca Merisio	ENGADINA – Le più belle Escursioni
3-907067-25-8	Luca Merisio	ENGADINE – The best Routes, english
3-907067-22-3	Bottonelli/Merisio	Dolomiten – Winterzauber, Grossbildband
3-907067-21-5	Marcella Maier	Das grüne Seidentuch, Familiensaga
3-907067-20-7	Lautenberg/Ceretti	ENGADIN – Engadina – Engadine
3-907067-19-3	Paul E. Müller	Blumen – Erinnerungen an das Paradies
3-907067-17-7	Susanne Bonaca	Bella Engiadina, Bildband, 4-sprachig
3-907067-16-9	Albert Schaffner	Engadin aktiv – Erlebnis, Fun und Action
3-907067-15-0	Luca Merisio	Giganten aus Granit – Bergell und Valmasino
3-907067-12-6	Max Weiss	Das Grosse Buch vom Engadin, Panoramas
3-907067-10-X	Luca Merisio	BERNINA, grossformatiger Bildband
3-907067-13-4	Arnold Seiler	Ponte Saracino, deutsch
3-907067-14-2	Arnold Seiler	Ponte Saracino, italienisch
3-907067-06-1	Max Weiss	Starkes Engadin, Bildband, 4-sprachig
3-907067-02-9	Dr. Beat Stutzer	SEGANTINI, Bildband, 4-sprachig
3-907067-03-7	M. Vannuccini	Grenztouren im Berninagebiet, Tourenführer
3-9520739-0-3	Max Weiss	Panoramas Engadin, Mappe A4, 4-sprachig
3-9520739-1-1	Max Weiss	Engadin Impressionen, Bildband, 5-sprachig
3-9520739-2-X	Max Weiss	Engadin Impressionen, Bildband, japanisch

Weitere Informationen und Bestellmöglichkeiten bei Ihrer Buchhandlung oder unter http://www.montabella.ch, mail@montabella.ch, Fax 0041 (0)81 833 28 01